蜜月《ハネムーン》サラダを一緒に

染井吉乃

幻冬舎ルチル文庫

CONTENTS ✦目次✦

蜜月サラダを一緒に

✦イラスト・穂波ゆきね

✦カバーデザイン＝齊藤陽子（CoCo.Design）

✦ブックデザイン＝まるか工房

蜜月《ハネムーン》サラダを一緒に

…順調《じゅんちょう》なようでいて…否、順調になるように努力しているのにもかかわらず思い通りにはいかないのが人生らしく。

大学を卒業してから中堅代理店《ちゅうけんだいりてん》に入社して二年目、小太刀来夏《こだちらいか》の脳裏《のうり》にそんな言葉が駆《か》け抜けたのは、いつもの通り出勤した会社が倒産《とうさん》したと知らされた時だった。

「倒産…？　だって先月も黒字でしたよね？　どうして倒産なんか…」

思わず訊《き》き返した来夏に、彼の上司である営業部長も疲れた表情で頷《うなず》く。

「私もさっき出社して、初めて聞かされた。不渡《ふわた》りが出た、黒字倒産だ」

業績《ぎょうせき》が不振《ふしん》だったわけではないが倒産してからの会社の清算処理の対応は早く、社員寮に入っていた来夏も数日で出ていかなくてはならない中、同僚達《どうりょうたち》と深夜に及《およ》ぶ残務整理《ざんむせいり》に追われるうちに気付くと退寮期日《たいりょうきじつ》になってしまっていた。

期限は今夜の二十一時。明日には、寮の中にも入れなくなってしまう。

三十分前に全ての業務を終えてやっと会社から戻ってきた来夏が、疲れ果てた体でとりあえず大慌《おおあわ》てで作った荷物は小さめのスーツケースひとつに入るだけだった。

それ以外の比較的《ひかくてき》大きな荷物は実家が近い同僚の家で一時預《あず》かってもらうことにして、来夏は時間ギリギリで他にも残っていた社員達と共に寮を後にした。

新しい部屋が決まるまで家に来ないかと招いてくれた同僚も何人かいたが、皆これからの自分の身《み》の振《ふ》りかたもあるだろうと来夏はその誘《さそ》いを全て辞退《じたい》している。

かといって来夏に他にアテがあったわけではない。

「さて、と…とりあえずカプセルホテルでも行くか」

駅に向かって歩きながら、来夏はそろそろ秋の気配が濃《こ》い夜空《よぞら》を見上げた。

「はあ…」

こうして上を向いても、出てくるのは溜息《ためいき》しかない。

…思えば少し前から、なんとなくそんな予兆《よちょう》があったのだ。

一月《ひとつき》ほど前、経理課《けいりか》に長くいたベテランの男性社員が突然会社を辞《や》めていた。理由は病気療養《りょうよう》のためと言うことだったが、先日《せんじつ》にあった健康診断《けんこうしんだん》では特に問題はなかったらしい。

「お金を預かっている部署の人間が、急に会社を辞めたら用心しろって誰が言ってたんだっけ？　あれってどこよりも会社のお金の流れが判《わか》ってるからってことだったんだな…」

どんよりとした気持ちで会社へ向かう同じ道を歩きながら、来夏は小さく呟《つぶや》く。

「あの占い師の言ってたことって、もしかしてこのことだったのか？」

来夏が占い師に会ったのは、会社の倒産を告げられる十日前のことだ。

取引先との打ち合わせに向かう途中、駅に近い通りで声をかけられた。

「あなた、厄災《やくさい》の相《そう》が出てますよ」

『占』と書かれた小さな行灯《あんどん》を載せたテーブルは白い布がかけられ、パイプ椅子《いす》に座っていたのは痩《や》せた男だった。目深《まぶか》に帽子《ぼうし》を被《かぶ》り、顔はよく判らない。

だが張りのある声の調子から、年齢《ねんれい》は自分と大差《たいさ》はないようだ。

「…」

こんな昼間から占いをしているのかとか、占い師が男性であったことや…何より唐突《とうとつ》に告げられた不穏《ふおん》な言葉に通り過ぎようとしていた来夏は思わず足を止めてしまった。

「…それ、俺のことですか?」

立ち止まった来夏に占い師はゆっくりと頷くと、機械のように同じ言葉を繰り返す。

「厄災の相ですねー」

気になる言葉を投げかけ、占いに持ち込もうとする商売だろうか。

それにしても突然聞かされて、気持ちのいい言葉ではない。

「今のところ、そんな予定ありませんが」

だから来夏は簡単に告げると、先を歩き出そうとした。

「近々、人生の転機《てんき》になるようなことがおこります。努々《ゆめゆめ》準備を怠《おこた》りなくー」

続けられた大仰《おおぎょう》な言葉が気になるが、約束の時間に遅れそうだった来夏は後ろ髪を引かれながらも無言でその場を後にする。

「確かに勤めていた会社の倒産は、人生の転機だよなあ…」

これからのことを考えると、あまり重くないはずのスーツケースが酷《ひど》く重く感じられた。

本当は昨日が給与日だったが、経理処理の遅れからまだ振込がされていない。

「新しい部屋を借りるにしても、新しい就職先の場所次第だし。駅前のカプセルホテルが空いていればいいけど。…こんな時は近くに頼れる友人がいないのは辛《つら》いな」

遠方《えんぽう》の大学だったため、親しいと言える友人が近くにいない。会社に入社してからは、仕事が面白くて交際範囲も拡《ひろ》げていなかった。

もとより一人でいるのが嫌いではないし、休日は疲れて部屋で寝ていたいタイプだ。

「だからまあ、しかたがないか。会社が倒産するのはあり得ないことではないんだし」

自分を励《はげ》ますように呟いた来夏は、ポケットのスマートフォンの呼び出し音に気付く。

「…?」

番号を見るが、来夏のスマホに登録されていない番号のようだ。…もともと、この私用のスマホにかけてくる友人も少ない。間違い電話だろうか。

出ようか躊躇《ちゅうちょ》している間に切れてしまい、そうしている間に来夏は駅前のカプセルホテルへ到着する。だが運悪《うんわる》く満室で、親切なフロントの好意《こうい》で近くのホテルを何件も探してもらったが部屋はどこも空いていなかった。

「うーん、週末だからかなあ。今夜はインターネットカフェにでも行くしかないか…」

まさか部屋がないとは思わなかった来夏は、二十四時間営業の店を探すことにする。

ホテルを後にして五分もかからずに、また番号不明の相手から再びかかってきた。

「はい」

『もしもし、小太刀さん？　私です、遠武《とおたけ》です』

「遠武さん⁉　どうして、この番号を？」

それは意外《いがい》な人物だった。来夏が以前担当していた取引先の営業マン、遠武健介《けんすけ》である。

確か二十四歳になる来夏より三歳ほど年上だろう。

だが遠武と初めて会ったのは、仕事中ではない。

相手が遠武と知り、来夏の心拍数《しんぱくすう》が少しだけ上がる。

『急ぎで頼みたいことがあって…小太刀さんの会社に連絡をしたら、倒産したと聞いて驚《おどろ》いて。不躾《ぶしつけ》とは思ったんですが、電話に出た同僚の方に番号を教えてもらったんです』

「そうだったんですね。担当が変わっていたのでご挨拶《あいさつ》もせず、失礼しました」

『私のほうこそ知らずに大変失礼を…いや、こんな話をしている場合では。今どこにいらっしゃるんですか？　確か小太刀さん、社員寮に入っていましたよね？　そこも今日には退去と聞いて、急いでご連絡したんです』

「ご心配戴《いただ》いてすみません、今は寮を出て駅にいるところです」

『もう、どこか新しい部屋を？』

「いえ、それはまだです。残務に追われて、不動産を訪ねる暇《ひま》もなかったので…」

『これから部屋を探すんですね？　それで、今夜は？』

「今夜は…とりあえずまだ…」

つい正直に答えてしまった来夏へ、遠武が柔《やわ》らかな口調でたたみかけてきた。

『まだお決まりではないのでしたら、ウチに来ませんか？』

「…は？」

電話の向こうで膝を打つような遠武の言葉に、来夏は思わず立ち止まってしまう。

『いや、下心《したごころ》はけして…！　実は私、シェアハウスで暮らしているんです。先日住人が引っ越したばかりで、部屋に空きがあるんです。よければここに来ませんか？』

そう言って告げられた最寄り駅は乗り換えが必要だが、ここからはそう遠くない。

「ですがいきなりお邪魔《じゃま》しては、ご迷惑《めいわく》になります」

生真面目《きまじめ》な来夏らしい言葉に、電話口の遠武が笑う。彼はやや低く甘い声の、男だ。

『迷惑なんてとんでもない、少しでも小太刀さんのお力になれたらと…本当は違います。申し訳ない、正直に言います。あなたへの点数稼《かせ》ぎです』

「遠武さん…」

『ですが、お困《こま》りならお力になりたいのは本当です。私とは部屋も別ですし、鍵もあります。管理人…というか大家《おおや》にも許可《きょか》をとったので、心配ありません。これからホテルを探すよりも早いですよ。ベッドも、清潔《せいけつ》なリネン類も揃《そろ》えてありますから』

「…」

『これから部屋を探すのであれば、候補《こうほ》のひとつとして私の暮らすシェアハウスも見てみるのはどうでしょうか？　せめて、次の部屋が見つかるまでのつなぎとしてでも。どうか私からの誘《さそ》いだからと遠慮《えんりょ》なさらずに来てください。詳しいことなどは、またお話しします』

来夏はしばらく逡巡《しゅんじゅん》してから、小さく頷く。

「…それでは、不躾《ぶしつけ》ではありますが一晩《ひとばん》…お世話になります」

『よかった！　荷物もあるでしょうし、これからすぐに車で迎えに行きます』

「いえ、それは…！　一人で行けますから。詳しい住所だけ教えて下さい」

こうして来夏は今夜一晩だけ世話になるために、遠武の暮らすシェアハウス『サラダハウス』に向かった。

…その先に意外な人物がいたことは、この時の来夏には思いもよらずに。

教えられた駅に着くと、そこには遠武が迎えに来てくれていた。

「小太刀さん」

改札を抜けてきた来夏に、遠武は嬉《うれ》しそうな笑みを浮かべる。

「すみません、遠武さん。こんな遅い時間に。…お世話になります」

初めて見る遠武の私服姿は、普段のスーツ姿よりも彼を少し若く見せていた。

「まだ十時台だし、無理にお誘いしたのは私のほうです。荷物、それだけですか？」

不思議そうにスーツケースを指差され、来夏は苦笑混じりで頷く。

「ええ、急いで寮を出て来たので。他の荷物は、落ち着くまでは同僚の実家に預けています。家具も寮にあったし、私物《しぶつ》としての大きな荷物は殆《ほとん》どないんですよ」

「そうですか。荷物、持ちましょう」

手を出す遠武に、来夏は丁寧《ていねい》に辞退する。

「いえ、荷物はこれだけだし…たいして重くないので大丈夫です」

まるで女性に対する親切のようで、来夏はなんだか落ち着かなくなる。

「そうですか？　行きましょう」

無理強《むりじ》いをすることなく、案内のために先を歩きだした遠武に来夏も続いた。

「車で来ようと思ったんですが、徒歩だとショートカットの道があるんです」

そう言って遠武は改札を抜けてすぐにある階段を上り始める。

周囲は緑が深く高台《たかだい》に公園があるようで、自然環境がとてもいい立地のようだ。

「…」

遠武と会ったのも、担当していた頃以来なので久し振りになる。

だから何を話していいのか判らず、来夏は口を開けない。そして遠武もまた無言のまま階段をゆっくりと上っていく。

聞こえてくるのは緑の葉擦《はず》れの音ばかりで、夜風が心地好《ここちよ》く頬《ほお》を撫《な》でる。

「この階段を上れば、すぐです。ほらあそこの…赤い屋根の家ですよ」

静かな住宅街の一角、指差された先に緑に埋まるように大きな洋館が見えた。

「わあ、凄《すご》いな…」

お洒落《しゃれ》なエクステリアが施《ほどこ》された外観は、その一角だけどこかの別荘地へ来たような趣《おもむき》があった。かと言って周囲から浮いているというわけではない。

「さあ、どうぞ」

遠武は腰の高さのロートアイアンの門扉《もんぴ》を開くと、来夏を中へと促《うなが》す。

門扉からアプローチを抜け、両開きになるドアがシェアハウスの入り口だった。

「もとは外国人が暮らしていた洋館を改築した建物です。規模的《きぼてき》にはそんなに大きくないので、気軽ですよ。部屋へは玄関から…このリビングを中心にして部屋があります」

玄関のエントランスから廊下を行ってすぐにリビングがあり、上の階へは廊下ではなくリビング内に階段があった。リビングは照明がつけられたままで明るいが、人はいない。

「建物は三階建てで、一階から三階まで各三部屋ずつ。今は…七名が一緒に暮らしてます。小太刀さん、夕食は？　お腹空《なかす》いてませんか？」

「会社から帰る時に、適当《てきとう》に済ませました…ので、大丈夫です」

「そうですか？　キッチンは好きに使って下さい。こちらのキャビネットにある食器類が個人所有のものではない、自由に使っていいものです。他にリビングとバス、トイレが共用でそれ以外は普通のアパートと生活スタイルは殆ど変わらないので、寮よりも気軽ですよ」

これからここで暮らしていく前提《ぜんてい》のような遠武の説明に、来夏は周囲を見渡した。

「あの…他の人は？」

「帰宅していれば皆、部屋にいるんじゃないかな？　門限《もんげん》があるわけでもないので。リビングで顔を合わせれば話はしますが、お互いの生活スタイルには基本干渉しない、というのが暗黙《あんもく》のルールです。とはいえ、住人同士仲が悪いわけではないですよ」

共同で暮らしているからなのか、リビングは誰かの私物や雑誌等が乱雑《らんざつ》に置かれている。

「…」

どこかの個人宅のリビングだと思えば普通だが、共用の場所《スペース》として考えると少し散らかっているように来夏には思えた。それとも、これがここのライフスタイルなのかもしれない。

「俺、シェアハウスって初めてで」

「私もここで暮らすまではそうでしたよ。そうだ、これが部屋の鍵です。部屋は二階になるので、先に案内します。荷物を部屋に置いてから、コーヒーを淹《い》れますね」

「すみません」

リビングにある階段から、二階へと上がる。リビングを通らなければ他の階へ上がれない作りが、ログハウスの間取りのようだと来夏はすぐに思い至った。

おそらくはここが誰かと一緒に暮らしていくシェアハウスという生活様式のため、住人がリビングで顔を合わせられるようにと配慮《はいりょ》された作りなのだろう。

「部屋はここを使って下さい」

遠武が案内してくれた二階の部屋は建物中央にあった階段から一番奥、二面の窓がある角部屋だった。部屋にはベッドとタンス、それからやや低めのキャビネットもある。

ベッドも整えられていて、すぐに使える状態になっていた。

「布団は先の住人が置いていったものをクリーニングしているので清潔ですから、安心して下さい。明日は土曜ですし、朝は一緒に食事をしましょう。後のことは、それからで」

「すみません遠武さん、本当に助かりました」

そう言って改めて頭を下げた来夏に、遠武は照れ臭そうに手を振った。

「気にしないでください。言ったでしょう？　小太刀さんの力になりたかっただけです」

「…」

遠武がそう言ってくれる理由を、来夏自身も知っている。

何故なら遠武は以前、来夏を口説《くど》いたことがあるからだ。

「…えーと、では私は、下でコーヒーを淹れてます。荷物…といっても沢山はないようですが、適当に降りて来てください」

二人きりになってなんとなく居心地が悪いような空気が流れ、気を利《き》かせた遠武がそう言って部屋を出ていく。

それを見送ってから、来夏は小さく息を吐《は》いた。

連日深夜にわたる残業で疲弊《ひへい》し、今は判断《はんだん》力も相当《そうとう》落ちている。正直今夜の宿にも困っていた来夏にとって、遠武からの部屋の申し出は有難い以外の何ものでもなかった。

「だけど、ちょっと心苦しいな」

遠武が友人のように親切にしてくれるのに対し、来夏は申し訳なさのほうが募《つの》っている。

「俺には、この恩義《おんぎ》を返せるアテがない」

無償《むしょう》の親切だと割りきってしまうには来夏は真面目過ぎて、そんな来夏に負担をかけないようにしてくれているスマートな遠武だからこそ心苦しい。

「…ここはいい部屋だな。本当にログハウスみたいだ」

清潔で安心する木の匂いがする部屋の中は来夏が呟いたとおり、まるでログハウスの客室のようだった。整えられた木の壁と床、今は換気《かんき》で開け放たれているが木枠の窓の外には木製の雨戸《あまど》もついている。部屋は八畳はあるだろう、ワンルームとしても十分広い。

来夏は案内されたこの部屋を一目で気に入ってしまっていた。

「…」

誘われるように窓から外を覗《のぞ》くと、眼下《がんか》の庭は暗くてはっきり見えないが、広い庭をぐるりと囲うように高い樹木があるようだ。

「相当広い庭だよな…これ。建てようと思えば、敷地内にもうひとつアパートが出来そうだ。アプローチも外観も綺麗《きれい》だったたし、シェアハウスなら人気物件《ぶっけん》かもしれない」

ここは駅からも近いし、遠武が暮らしているくらいならおそらく家賃《やちん》も相応《そうおう》だろう。

「失業中の身では、高望み出来ないか…。一晩だけでも部屋を借りられることに感謝だな」

来夏は自分を慰《なぐさ》めるように呟き、コーヒーをご馳走《ちそう》になるために階下へ向かった。

階段を降りるとすぐに、リビングに拡がるコーヒー豆を挽《ひ》く匂いが来夏の鼻をくすぐる。

「すみません、遅くなりました」

「どうぞ、カウンターに座ってください」

リビングには八人掛けのダイニングテーブルと、キッチンカウンターがあった。他にはやや大きめのテレビとソファセットがある。カウンターには二人程度が腰かけられた。

「部屋は気に入りました?」

「とても。…あの」

「？」

「一晩部屋をお借りする分、宿代《やどだい》を払いたいのですが。持ち合わせはそう多くはないので、もし足りないようでしたら後で必ずお支払いを…」

「あぁいりません。大家に小太刀さんの事情を話して空き部屋に泊まってもらうことは了承を得ているし、その時に宿泊代は不要だと大家から言われてますから」

「ですが…たとえ一晩でも、お世話になる以上は」

身を乗り出す来夏に、遠武は年上らしい仕種《しぐさ》でやんわりと手を上げて制した。

「いや、本当に。お金を戴いても大家は受け取らないし、私も困ります。もしこれから新しい部屋を探すにしても、資金はあったほうがいい。大家の善意《ぜんい》だと、甘えてください」

気遣《きづか》われ、来夏は羞恥《しゅうち》で頬《ほお》を染《そ》めた。恥入《はじい》った気持ちのまま、素直《すなお》に頭を下げる。

「…すみません、ありがとうございます。お言葉に甘えさせて戴きます」

「そうしてください。それに…大家のほうも、少しだけ下心《したごころ》があるからいいんですよ」

「下心…ですか？」

顔を上げた来夏に、遠武は茶目《ちゃめ》っ気《け》たっぷりに肩を竦《すく》めた。

「もし小太刀さんがこの家を気に入ってくれたら、入居《にゅうきょ》を検討《けんとう》してほしいって」

「いや、でも…俺がどんな人間なのか大家さんは知らないだろうし、家賃も」

「家賃ですか？　あ、そうかちゃんと説明していませんでしたね。家賃は光熱費《こうねつひ》込みで月六万です。キッチンやお風呂場など水回りは共用で、お掃除《そうじ》は当番制。基本使った人が簡単に周囲を綺麗《きれい》にする、という約束は一応ありますが。男女混在《こんざい》のシェアハウスなので」

「六万？」

それは信じられない金額だった。都内でＪＲ駅前徒歩数分の立地を全く考慮《こうりょ》していない。

「シェアハウスという住居形態な分、周囲よりは多少安いんです。だから女性も同じ屋根の下で暮らすことに小太刀さんが抵抗なければ、かなりいい条件かと思いますよ」

お湯が沸き、遠武は慣れた仕種で注ぎ口が細いコーヒーポットを傾けて、ドリッパーへと少しずつ注ぐ。さっきよりも深い香りの心地好さに、来夏は軽く息を吸い込む。

「いい条件どころか…探そうと思っても、見つけられない物件ですよ。遠武さんは、ここで暮らされていて抵抗はないんですよね？」

「まあ私は…。小太刀さんもご存じだとは思いますが」

「あ…」

言われ、察した来夏はぎこちなく目線を落とす。

「とはいえ、自分が女性に興味がないことを他の住人には言ってはいませんが」

「…」

気まずくなりそうな空気を察し、遠武はわざと明るい口調で説明を続けた。

「今の空き室は小太刀さんに案内した二階の部屋と、三階にも一部屋。家賃は変わらないので、もし三階のほうが気に入ったらそちらでも。友人を招き入れるのは問題ないですが、ラブホテル代わりに使うのは駄目《だめ》。もし発覚した場合は無条件で即退去になります。食事などは各自自由、門限もありません。そこは普通の賃貸と同じです。…どうぞ」

ミルクと砂糖と共に出された淹れたてのコーヒーに、来夏は再度頭を下げる。

「すみません、いただきます」

カップに口をつけると、苦みのない美味《おい》しいコーヒーの味だった。

「美味しい」

だから思わずそう呟いていてしまった来夏に、遠武は嬉しそうな笑顔を浮かべる。

「それはよかった」

笑うと、少し幼く見えることを来夏は初めて知った。

遠武はずば抜けてハンサムな男だが、かといって整った顔にありがちな冷たい印象はない。知的なまなざしや、優雅《ゆうが》で落ち着いた所作《しょさ》が彼を余裕《よゆう》のある男に見せていた。

「…」

遠武は親会社の貿易部から紹介されて来夏が担当になった、取引先の営業マンだ。

長身で肩幅も広く面長の男前なこともあって、来夏の社内でも女子社員に人気があった。

平均的な背丈《せたけ》で、やや童顔なことからいつも若く見られがちな来夏には少し羨《うらや》ましい。

大学を卒業してから入社してまだ経験が浅かった来夏に、仕事を通じて営業マンとして対外的なノウハウを教えてくれたのがこの遠武でもある。

一年ほど前に業務が輸出に絡《から》んできたことから、貿易部が来夏の仕事を引《ひ》き継《つ》いで担当を外れていた。それ以来、遠武とは疎遠《そえん》だった。

仕事で一度だけ飲みに誘われたが来夏は辞退していて、プライベートでは会っていない。それ以来遠武は誘ってこなかったし、来夏からも連絡を取ることはしていなかったのだ。だから尚更《なおさら》、今回の遠武からの連絡と申し出には正直来夏自身驚いていた。

「しつこい誘いで申し訳ないが…新しい仕事が決まるまでの短期でも構わないから、ここで暮らしてみませんか？」

「遠武さん」

重ねてたたみかけられる、遠武の言葉。その口調は穏やかで優しい。

「新しい入居人に関しては、大家は先住人の推薦《すいせん》も参考にしてくれます。何処《ドコ》の誰か判らない人に部屋を貸すよりは、知っている人間からの紹介のほうが安心だって。小太刀さんなら、先住の皆さんとも問題ないと思いますよ」

駅からも近く、家賃も思いがけず安い魅力《みりょくてき》的な物件だ。シェアハウスの経験はないが、遠武が暮らしているのなら他の住人達もあまり変な人はいないのだろうと想像出来る。

…あと問題があるとすれば、ひとつ。

「その俺…私がここで暮らすとしたら、遠武さんのご迷惑になったりしませんか？」

遠慮がちな口調での来夏の問いに、遠武は即答《そくとう》した。

「迷惑になりそうなら、たとえ社交辞令《しゃこうじれい》でも自分が暮らす私的なスペースに誘ったりはしません。…確かにここでは自分のことは公《おおやけ》にしていませんが、小太刀さんがそのことをご存じでも大丈夫です。あなたが私のことを口軽く話すとは思えない、遠慮は不要です」

「遠武さん…」

「いきなりシェアハウスで暮らすことに抵抗があるのでしたら小太刀さん、期間を決めてお試しに暮らしてみる、というのはどうですか？」

「期間？　ですか？」

「ハウスクリーニングは済んでいる部屋ですが、事情を聞いた大家も今夜だけでなく必要ならしばらく滞在してもいいと言っていたので、すぐに部屋を出なくても大丈夫なはずだし」

「でも家賃収入のこともあります、大家さんならすぐにでも新しい人を入居させたいと」

身を乗りだす来夏に、カウンター越しで自分のコーヒーを傾けながら遠武は笑う。

「その心配はないですよ。家賃収入をアテにしているなら、立地から考えて家賃はもっと高いはずです。人が暮らすことで家のメンテナンスになればいいと貸し出ししているんです」

「…！」

遠武の口調から彼は大家と相当親しくつきあいがあるようだ。

「他の住人との相性もあるかと思います。暮らしてみて肌が合わないようなら、他の部屋を検討してもらってかまいません。せめて新しい部屋か職場が決まるまで、ここで。大家には私から連絡をしておきますから」

ここまで骨を折ってくれる申し出を無下《むげ》に断るのも心苦しいし、遠武の親切はいつか返せる機会もあるだろう。自分が暮らすところに困っているのは、事実だ。

「では…遠武さん。お言葉に甘えて、しばらくお世話になります」

途端《とたん》、その言葉を待っていた遠武の表情が明るくなる。

「そうですか…！　是非そうして下さい」

遠武を最初に見た時もそうだったのだが、顔立ちも声も性格すら全く違うのに以前の知りあいを来夏に彷彿《ほうふつ》させる。

重ねて見ているわけではないのに、どうしても気になってしまう。

「…その代わり、というわけではありませんが。ひとつお願いがあります」

「なんでしょう」

「私がここで暮らす期間の分の家賃を取ってください。他のかたは同じように暮らして家賃を支払っている、仮入居とは言え私だけ無賃で暮らすことは出来ません。大家さんにそう、お伝え願えますか？」

「判りました、そう伝えます。一応明日にでも三階の部屋も見…」

その時、遠武の言葉を遮《さえぎ》るように玄関から誰かが帰ってくる音が聞こえてきた。

慣れた足取りが近付いてきて、リビングのドアが開く。

「おかえり」

「…！」

姿を見せたその人物に、来夏は驚きで息を飲んだ。

「…お客さん？」

見間違えるはずのない、その声と顔。スーツ姿で現れた彼は最後に会った時に比べれば随《ずい》分《ぶん》大人びているが、それでも十分以前の面影《おもかげ》を残していた。

まさか、まさかこんな場所で彼に再会するとは来夏は思いもよらなかった。

だが相手は来夏を軽く見ただけで、すぐに遠武のほうへ顔を向けてしまう。

「…」

それは、全く知らない他人に対して見せるごく普通の仕種だった。

来夏は彼のことは、具体的には遠武に話したことはない。

「こちらはしばらく仮入居で暮らしてもらうことになった、小太刀さん」

彼もまた遠武には話したりはしないだろう、そもそも転校してしまった自分のことなど憶《おぼ》えていてくれるはずがないのだ。

…仮に憶えていたとしても、不快《ふかい》な思い出のカテゴリに入っているはず。

だからきっと、来夏とは知りあいだと思われたくないだろう。

数秒もかからずそう判断した来夏は、音もなくスツールから立ち上がる。

「初めまして、小太刀と言います」

「神保《じんぼ》です」

知っている、ずっと忘れるように意識していた彼の名前だ。神保志津香《しづか》。字面《じづら》だけ見れば女性の名前だが、自分よりもずっと長身で男性っぽい体軀《たいく》と男前の顔立ちをしている。

そして左手の薬指に見えた、マリッジリング。

「…」

営業関係の仕事に就《つ》いているのだろうか、慣れた仕種で流れるように差し出された挨拶のための手を、来夏は意識的にとらなかった。明らかに社交辞令だと判る、握手の手だ。

「そしてこっちは神保志津香…さん。ここで一緒に暮らしている住人の一人。年齢は…私より三歳下だから小太刀さんと一緒かな、二十四？　五？」

神保は遠武の言葉に頷いたのか、それとも来夏に向けて軽く会釈《えしゃく》したのか判断しかねる様子で頷くと隣の席に腰かけた。神保からかすかに男性用のフレグランス。

彼がフレグランス類をつけていることに、来夏は少なからず驚きがあった。

最後に会ってから十年も経《た》ってはいないが、見えている結婚指輪を含めても来夏が知らない時間が神保にも流れていたのだろう。ここには、夫婦で暮らしているのだろうか。

「遠武さん、俺にもコーヒー」

「やっぱり。すぐに淹れるよ。えーと…」

気のおけない口調から、遠武と神保は親しい間柄らしい。

神保は、カウンター越しに背を伸ばしてキッチンを覗き込んだ。

「…誰の？」

「食器の様子だと、浅井《あさい》さんかな」

「市川《いちかわ》さん、帰ってきてないのか？」

「みたいだね。でなければ今頃大騒《おおさわ》ぎになってるんじゃないかな」

「それもそうか」

「？」

遠武と神保のやりとりは、ここへ来たばかりの来夏には判らない。

「あの…遠武さんと神保さんは、このシェアハウスで知りあったんですか？」

来夏の問いに遠武は神保分のコーヒーを淹れながら首を傾《かし》げた。キャビネットから出してきた神保のカップは真っ黒のマグカップだ。黒が好きなのは、相変わらずらしい。

「ん？　あー、そうだね。そうだよね？」

笑顔の遠武を無視し、神保はカウンターに顔を向けたまま口を開いた。

「憶えてない」

「小太刀さん、志津香はぶっきらぼうな奴だけど別に怖くないから安心してください」

「安心って何…」

「仮入居でもこれから暮らし始めようとする小太刀さんに、悪い印象を与えたくない」

それは神保に対する印象？　それともこのシェアハウスのことだろうか。

遠武の言葉では、どちらなのか来夏には判らない。

ただ神保の無愛想《ぶあいそう》なほどのぶっきらぼうは、以前と変わっていなかった。

「そういえば小太刀さん、今日はスーツケース一つでこちらに来てますが、もし何か不自由があれば遠慮なく言ってください。先住の人達が使ってほしいと置いていったものもあるし…確か残りの荷物は同僚さんの家に預けているんですよね？」

「はい、しばらくはカプセルホテルかウィークリー系のアパートで暮らすつもりでいたので、荷物は必要最低限のものだけなんです。備品完備の社員寮だったのでたいした荷物ではありませんが…落ち着けばすぐに引き取りに行く予定です」

遠武とのやりとりに神保は混ざろうとせず、横でただ聞いているだけだ。

無関心、とも言える。おそらく後者だろうな、と来夏は遠武と話をしながら判断した。

「うちなら部屋も余っているし、鍵のかけられる広い納戸《なんど》もあります。もしここに落ち着かなくても、新しい部屋が見つかるまでお預かりしますよ」

「ですが、そこまで甘えてしまうわけには」

「元同僚の家にいつまでも預けておくよりも、ここのほうが気楽です。遠慮なく」

「…ありがとうございます」

「これまで寮生活なら…小太刀さん、自炊《じすい》は大丈夫ですか？」

「学生時代飲食関係でバイトもしていたので、自炊に関しては問題ありません。ただ調理器具や食器とか一切ないので、これから揃えることになります」

「近くにホームセンターがありますよ。調理器具に関してはこだわりがなければ、ここにあるものを使って大丈夫です。調味料も皆適当に共有してますし」

そう言ってから遠武はキッチンの中で一番場所を占《し》めている、並べて置かれた大きな二台の冷蔵庫に近付くとドアを開けた。雑然《ざつぜん》とした中に、空いている部分も見える。

「冷蔵庫もなんとなく部屋別に占有棚《せんゆうだな》が決まっているので、ここ とか…空いている棚を好きに使ってください。冷凍室は共有なのでアイスとか名前を書いておかないと食べていい、ということになってますので食べられちゃいますよ」

「一人暮らしの経験はありますが、シェアハウスのライフスタイルも面白いですね」

来夏の言葉に、遠武は少し得意そうな笑みを浮かべた。

「でしょう？　これもまた縁かと思ってもらえれば」

「そうですね、確かに」

突然の倒産と引っ越し、一夜の宿にと最初は提供《ていきょう》してもらったはずのシェアハウスに仮入居で暮らしてみることになり、来てみればかつての知りあいの神保がいた。

神保のことはもう、気持ちの整理はついていたはずだ。二度と会うことはないのだからと、傷口に何度も爪を立てて抉《えぐ》るように言い聞かせていた頃の気持ちが蘇《よみがえ》りそうになる。

何故《なぜ》、こんなタイミングで再会しなければならないのか。

…だが。

「少々変わってはいますが皆、いい人ばかりです。出来れば小太刀さんに、ここで暮らしてほしいと思ってます」

そう言って遠武が自分に向けてくれる優しい笑顔に、来夏は慰められた。

以前もボロボロの気持ちでいた来夏を励ましてくれたのは、彼だったのだ。

今夜ここに来なければ、遠武の笑顔は見られなかった。だからこれは厄災ではない。

神保のことにしても自分の中でとっくの昔に決着をつけているし、彼が自分に気付かないか知らない振りをしているのなら、そのつもりで接すればいいだけのことだ。

倒産、新居探しと切迫《せっぱく》した事情がある。なりふりかまっていられないのも事実だった。

暮らしてみて合わなければ、出て行けばいい。それは神保のせいではない理由で、だ。

「…はい」

だから来夏は隣に座る神保のことを意識せず、遠武にだけ笑顔を向けた。

連日の残務処理で疲れ果てていた来夏は、安心したこともあって借りた部屋に戻ると久し振りに夢も見ないほど深く眠っていた。

「…いい加減にしろ！」

「⁉」

だが突然建物中に響き渡った怒声《どせい》に驚いて飛び起きる。あまりに深く眠っていたために、一瞬自分のいる場所が理解出来ない。

安心する木の匂いと、日に干された布団の敷かれた寝心地《ねごこち》のよいベッド。

「寮…？　じゃなくて、そうか俺、昨夜遠武さんにお世話になって」

寝起きのいい来夏はすぐに自分の状況《じょうきょう》を理解すると、枕元に置いていたスマホでまだ六時前なのを確認してから階下へと向かった。あの声は、ただ事ではない。

部屋のドアを開けるとすぐに、二階までリビングで誰かが言い争っている声が聞こえてくる。降りていくと、二人の男性がダイニングテーブルの近くに立っていた。

一人はこれから出勤なのかスーツ姿の小柄な男性で、もう一人はTシャツにハーフ丈のパンツでいかにも部屋着だった。

スーツ姿の男性は三十歳を少し過ぎたくらい、Tシャツ姿の男性は来夏より若いだろう。言い争っている二人は、リビングに降りて来た来夏に気付かない。

「どうして君はこんな小さな約束事さえ守れないんだ…！　君一人の家ではないんだぞ⁉」

「だから守ってないわけではないし、原稿が一段落したら洗おうと思って少し置いていただけじゃないですか。そんなに目くじらたてて言われる筋合いないですよ」

「少し置いていたって…、昨夜からこのままだったぞ⁉　台所を使ったら綺麗にする、食器はすぐに洗って片付ける！　後で使う人が迷惑にならないようにしておく決まりだろう。キッチンを使っていて、どれだけ他の人が迷惑していたのか判らないのか？」

「昨夜からこのままだって知ってて…というか自分もご飯食べて食器使ったのなら、俺の分まで一緒に洗ってくれてもよくないですか？　どうせついでなんだし。市川さんて口うるさく言う割には、そういうところ不親切ですよね」

「‼　なんだと…どうして俺が、何もしない君の食器まで洗わなければいけないんだ⁉」

「君君言いますけど俺、浅井って名前がありますよ。それとも市川さんは俺の名前も覚えてないんですか？　こんな朝早くから深夜まで働いてるから、こんな小さなことでギャンギャンヒステリーが出るんですよ。そう言うの社畜《しゃちく》って言うんですよね？　大変ですねー」

どうやらTシャツ姿の浅井という男性が、キッチンの洗い物を残したままでいたようだ。

「！　…家にいて一日中ぐうたらして碌《ろく》に働かない奴に、会社員の大変さが判るか」

押し殺したような声になったスーツ姿の市川に、浅井が挑発的に顎《あご》を反《そ》らせた。

「社畜で会社にコキ使われてる人生よりは、よっぽど有意義《ゆういぎ》ですよ。それに働いてますよ俺、これでも連載持つ執筆業《しっぴつぎょう》なんで。ぐうたらに見えても思想中ですから」

「あの…」

見かねた来夏が動くより先に、後ろから突然声をかけられる。

「あれね、いつものことだから、やらせておいたほうがいいわよぅ」

「!?」

驚いて振り返ると、そこには豊かな胸元も露《あら》わな…透《す》けて見える薄手のキャミソールにカーディガンを羽織っただけの妖艶《ようえん》な女性が立っていた。

振り返った来夏に、女性はニコリと笑う。

「あなたがお試し入居したコダチさん？　私は一階のシュガーよ。よろしくね」

少し強めのパーマに派手なネイルが施《ほどこ》された長い爪、そして香水の香り。

「小太刀といいます。どうして俺のことを？」

シュガーと名乗った女性は笑顔のまま、玄関のほうを指差した。

「玄関に連絡用のホワイトボードがあるの。そこに今日から新顔さんが入るって、大家が書いていたから」

「そうなんですね、しばらくお世話になります。どうぞよろしくお願い致します」

大家はいつの間に来たのだろう、もしそうなら挨拶をし損ねてしまっている。それとも事情を知る遠武が、大家の代わりに書いてくれたのだろうか。

丁寧に頭を下げた来夏へ、シュガーもこちらこそと笑顔で頷くと続けた。

「あそこにいるのは市川さんと浅井さんって言うの。仲が悪くて顔を合わせるといつもああやってケンカしてるのよー。面倒だから、放っておいたほうがいいわよ？」

「でも…やっぱり気になります、すみません」

来夏はシュガーへ再度頭を下げると、次第に声が大きくなっていた二人へと声をかけた。

「おはようございます。私はしばらくこちらでお世話になる、小太刀といいます」

「…！」

突然聞こえてきた声に、今にも摑《つか》みかかりそうな雰囲気《ふんいき》でいた二人は来夏へと振り返る。

二人がこちらを見てから、来夏は改めて笑顔を向けた。

「初めまして。どうぞよろしくお願い致します。…ところでお水を戴きたいのですが、どのコップをお借りしたらいいでしょう？」

そう言って来夏はカウンターに近寄って、笑顔のままTシャツ姿の浅井へと声をかける。

「どうも。俺は浅井です。こっちにあるキャビネットの中のものなら好きに使えますよ」

「浅井さん、ありがとうございます。ええと…お名前を伺ってもいいでしょうか？」

浅井からグラスを受け取った来夏は、今度はスーツ姿の市川へと振り返った。

「…市川です」

突然の介入者《かいにゅうしゃ》に面食らいつつ、まだ浅井へ不満の残る市川は仏頂面《ぶっちょうづら》のままだ。

だが絶妙なタイミングで来夏に間に入られたことで、言い争う気はなくなっている。

来夏はそんな市川に気付かない様子で笑顔のまま続けた。

「市川さんですね、どうぞよろしくお願い致します。これからご出勤ですか？　時間を気にしている様子ですが、そろそろおでかけになる時間なのでは？」

言われ、時計を見ると確かにもう出なくてはいけない時間だ。

「あ、あぁもう行かないと…だが」

来夏と浅井と市川、三人の立ち位置は市川のほうがシンクに近い。

市川は半分頷きながらも、ちらりとシンクの中を流し見る。シンクの中には誰かが食事をして洗わない食器が水に浸かったままだった。恐らく浅井が使った食器なのだろう。

昨夜遠武に淹れてもらった三人分のコーヒーカップは、綺麗に洗われて片付いている。

遠武も浸けっぱなしの食器までは洗わなかったようだ。

自分のものではない物に触れるのは、マナー違反《いはん》になるなどの不文律《ふぶんりつ》があるのかもしれない。そう思いながら来夏は蛇口《じゃぐち》から水を汲《く》み、簡単に喉《のど》を潤《うるお》した。

来夏が水を飲みたいと申し出たのは言い争いを中断させるための口実《こうじつ》で、本当に喉が渇《かわ》いていたわけではない。

「この食器も、俺が洗っても大丈夫ですか？　グラスを洗うついでなので」

問いかけに対し真っ先に反応したのは浅井だった。

「そうしてもらえると助かるよ、〆切前で時間がなくて」

「ええと、自分の私物以外を洗っても問題ないですね？」

「勿論《もちろん》、普通はこうやって洗ってくれるものだよなあ。誰かと違って」

明らかに面当《つらあ》てだと判る浅井の皮肉に、市川は頰に緊張《きんちょう》を走らせた。

「それは俺のことか。以前はそうしてやっていただろう⁉　いつの間にか誰かに洗ってもらうのが当たり前になって、やらなくなったのはそっちじゃないか！」

「洗っておいてくれなんて俺、頼んだことは一度もないですよ。市川さんが俺が洗う前に勝手に洗ってしまっただけじゃないですか。それを恩着《おんき》せがましくされるのは不本意ですが」

「…！」

今度こそ殴《なぐ》りかかろうとする市川の剣呑《けんのん》な様子に、来夏は二人の間に割って入った。

来夏は穏やかな笑顔のまま、握《にぎ》り拳《こぶし》を作っていた市川の手に自分の手をそっと重ねる。

「食器は俺が洗っておきますよ、お帰りになる頃には綺麗です。だから市川さんはこのままお仕事行ってください。大丈夫です、お任せ下さい」

「…っ」

「俺も会社員やってました。こんなに朝早いのはキッツイですよね。今日みたいないいお天気の土曜日なんか、どうしてって思います。でも土曜日だと電車で座れたりするから、ちょっとだけ平日よりは楽ですよね。…お仕事頑張《がんば》って下さい」

「小太刀さんは、どこの会社に？」

「代理店に勤めていました。朝は五時頃から夜は終電に間に合わないことも多かったです。

…とはいえ先日倒産してしまって、今は無職なんですが」

「…そうか」

市川は何か言いかけ、それから飲みにくいものを無理矢理飲み込んだような仕種を見せてから、息をついた。

「初対面の方に朝から見苦しいものをお見せして、悪いね」

「いいえ、俺は何も見てないですよ。…いってらっしゃい」

「いってきます」

来夏から見送りの言葉を聞かされ、市川は少しだけ照れ臭そうに笑ってから、他の二人には振り返ることなくリビングを後にして出勤して行った。

「あら？　市川さんがあれで引いたなんて珍しいわねえ。コダチさん凄いネ、おやすみー」

シュガーは感心したように来夏へ一言残し、リビングを出ていく。

「シュガーさん、おやすみなさい」

呼びかけに応じて振り返ると、そこにいたはずの浅井も階段を上がっていく姿が見えた。

来夏はその姿を見送ってから、シンクの中に残っていた食器を洗い始める。

食器は明らかに一人分で、洗うのも何分とかからない量だ。

「まあ、洗いたくない時は皿一枚でもやりたくないものだし」

「小太刀さん」

「遠武さん、おはようございます」

リビングのドアを開けて入ってきた遠武は、来夏が洗っていたシンクを覗き込んだ。

「…あれ、浅井さんの食器洗ってくれてるんですか？」

「ええ、これくらいならなんでもないですから」

「すみません、小太刀さんにこんなことをさせて。さっきの物音ですか？」

「水を飲むのに借りたグラスを洗うついでです。…浅井さんと市川さんが口論をされていて、シュガーさんて女性のかたが放っておけと」

そう言って来夏は洗い物を全て水切り籠《かご》に綺麗に並べ、水を止めた。

今日の遠武は髪をセットしておらず、普段の彼の様子が来夏には新鮮《しんせん》に映る。

「佐藤《さとう》さんのことかな」

「佐藤…あぁなるほど、それでシュガーさんなんですね」

「彼女のお仕事の名前でもありますよ。小太刀さん、もう少しおやすみになりますか？」

「いえ、もう起きるつもりです」

「朝早くからモーニングを出してくれる喫茶店があるんです。少し早いですが、これから一緒にどうですか。それから二度寝でも」

「ありがとうございます、是非」

誘いに応じた来夏へ頷いてからリビングを出ようとした遠武は、足を止めて振り返った。

「…そうだ。あいつも一緒に行くかな、小太刀さん、神保と三人でも平気ですか？」

「あ、はい。俺は一緒でも…大丈夫です」

意識しないようにと思うと、かえって緊張してしまう。だが遠武はそんな来夏に気付いた様子もなく、もう一度笑みを向けてからリビングを後にした。

「そうだ、遠武さん今日は出勤じゃないよな」

土曜日だが、もし出勤の予定であれば朝食をとるのはこのくらいの時間だろう。

念のために休みかどうか確認しようと、階段を上りかけた来夏は遠武が出て行ったドアを開いた。

「…！」

ドアを開けてすぐに、神保がいた。

ここで何をしていたのか、ドアの横の壁に寄りかかるようにしている。

まさか誰かいるとは思わなかった来夏は、思わず足を止める。

「あ…すみません、おはようございます」

「…」

だが神保は驚きに慌てて取り繕《つくろ》う口調になってしまった来夏を一瞥《いちべつ》すると、無言で壁から離れて部屋側へと歩き出した。

「聞こえてなかった、のかな」

神保の態度に、過去の出来事が来夏の中でオーバーラップし、もう大丈夫と思っていた心の古傷《ふるきず》が疼《うず》く。疼いて、小さく胸を刺す。

住人のことはまだ判らないが、部屋も環境も申し分ない。唯一があるとすれば、神保のことだろう。自分はよくても、神保のほうが一緒に暮らすことは嫌かもしれない。

「うーん…まあ、相手のことばかり考えてもしかたがないか。キリないし」

自分も神保も、もう子供ではない。過去のしがらみを気にしすぎて、遠武の親切を無下にすることのほうが来夏は心苦しかった。


二人で出かけて遠武が案内してくれた場所はシェアハウスから数分の距離で、自家製《じかせい》のベーカリーで日替わりのモーニングを提供しているコーヒーショップだった。

店は大通りから公園寄りに一本奥まった道沿《みちぞ》いにあるのだが、モーニングを求めて店内もオープンデッキの席もほぼ満席状態になっている。皆常連客らしく、それぞれのスタイルで提供される朝食をのんびりと楽しんでいる。

来夏と遠武の二人はデッキ側の席に案内され、そこから見える公園からの心地よい風を感じながら食事をとっていた。

それぞれ別のモーニングメニューを頼み、日替わりのコーヒーもつく。

「こちらへ引っ越してから、私はこのお店ですっかり朝食はパンとコーヒー派です」

「遠武さんも、自炊はされているんですか？」

「仕事から帰ってくる時間とのかねあいもあって、料理は家では殆どしていません。外で済ませるか、テイクアウトしてきますね。夜もこの店で食べることが多いです」

「確かにここは美味しいです」

値段の割にはボリュームもあり、働き盛りの自分達でも物足りなさはない。何よりパンもコーヒーも美味しくて、遠武の言葉に来夏も納得《なっとく》してしまう。

…神保は、彼らと一緒には来なかった。

「時間が合う時は、いつも彼と一緒にここで朝食をとってから出社してますよ」

「俺がいたせいで、遠慮…してしまったんでしょうか」

食べながら申し訳なさそうな来夏に、遠武はすぐにはっきりと首を振る。

「いや、そんな繊細《せんさい》なタイプの男じゃないですね。朝ご飯に呼ばれたのかもしれないし」

「？」

「志津香は彼の母方の伯父《おじ》さんの会社で働いていて、夜はその伯父さんの家で夕食を食べて帰ってくることが多いんです。伯父さん夫婦は子供がいないそうで、息子同然に可愛がられていますよ。自分の会社を手伝わせているし、いずれは跡取《あとと》りになるんじゃないかな」

「え…でも神保さんて長男じゃないんですか？」

「そうですよ、彼から聞きました？」

問い返され、遠武は神保との関係を知らないと気付いた来夏は視線を泳がせる。

「いいえ、えーと…なんとなくそんな気がしたので。神保さん、落ち着いているし」

「確かに態度はでかいですよね、でも悪い奴ではないですから。志津香も、小太刀さんみたいなタイプ、嫌いじゃないと思いますよ」

「え…」

意外な言葉に来夏は一瞬手を止め、それから困ったように笑った。

「先住の神保さんがご不快にならない範囲であれば、俺はそれで十分です」

男に好かれても、と言いかけた言葉を来夏は飲み込む。

テーブル越しの遠武も穏やかに笑っているばかりだ。

神保のことを話してもいいのだろうが、彼が来夏との関係を遠武に教えたくないと考えているのだとしたら自分は余計なことを言わないほうがいいかもしれないと、遠慮があった。

それ以前に神保は来夏のことを憶えていなかったではないか。話して神保にとって不快に感じる記憶を、わざわざ掘り起こさせてしまう必要はないだろう。

神保は忘れてしまっているが既知《きち》の間柄だと、苦笑混じりに告げることも出来る。だが相手が憶えてないのなら、わざわざ説明する必要もないだろうという判断も来夏にはあった。

「小太刀さん、今日のご予定はどうしますか？　生活用品を整えるなら店に案内しますよ」

「助かります。月曜日にはハローワークに行って求職と一緒に手続きをしなければならないし、今日は同僚に預けている荷物を引き取りに行こうと思っています」

「電車でですか？」

「いえ、レンタカーを借りるつもりです。一度で済むので」

「それなら車があるので、お手伝いしましょう」

「えっ⁉　せっかくの休日なのに、遠武さんにそこまでして戴くわけにはいきません。こうして暮らせる場所をご紹介してもらっただけでどれだけ助かってい…」

「どうせ休日は用もなくゴロゴロ部屋にいるだけです。私にとっていい時間潰《つぶ》しになるので、そうさせてください。お節介《せっかい》したいんです」

平日働いている社会人にとって、週末の休日は貴重なはずだ。それなのにわざとそう言ってくれる遠武に、来夏は感謝の気持ちのまま深く頭を下げた。

「何から何まですみません…お世話になります」

「気にしないでください、気付いたのは…」

「？」

言いかけ、遠武は何でもないと手を振った。

「私はあまり利用しませんが、安くて新鮮な食材が揃っているスーパーも近くにあります。もし小太刀さんが自炊も大丈夫でしたら、荷物を取りに戻ったらご案内しますね。食べたら出かけましょう」


遠武の運転で荷物を引き取り、買い出しを兼ねて周囲の店を案内してもらって家まで戻って来たのはようやく午後を過ぎた時間だった。そのタイミングを待っていたかのように遠武に会社から至急の電話が入り、来夏は彼に礼を言って玄関先で別れる。

荷物と言っても一番大きいものが薄型テレビで、後は衣類が殆どだった。たいして時間もかけずに自分の部屋へ運び入れた来夏は、洗い物をするために階下へと降りる。

教えてもらったパウダールームで、シュガーこと佐藤と鉢合わせになった。

「あら小太刀さん、こんにちは」

「こんにちは、すみません…！　お邪魔しました」

佐藤も洗濯をするところだったらしい、彼女が抱えている小振りなカゴの中の派手な色彩の洗濯物が一瞬見えた来夏は慌てて後退《あとずさ》った。

「あはは、見られて困るモノなんかないから大丈夫よぅ。小太刀さんもお洗濯？」

「はい、でもまた後で来ま…」

「小太刀さんがよければ、一緒に洗濯しちゃうからその洗い物頂戴《ちょうだい》」

「いや、でも俺のは男物ですし…」

遠慮をする来夏に、手を出しながら佐藤は笑った。

「やあだ、小太刀さんなら男物で当然でしょ。私は別に気にしないわよぅ。多くないんだから、一緒に洗ったほうが早いし。はいこれ洗濯ネット。これで入る？」

「大丈夫です、お借りします」

渡された洗濯ネットに詰めた洗い物を、佐藤は自分の分と一緒に洗濯機の中へ入れてセットする。ついでにと、佐藤は親切に来夏に使い方を教えた。

「すみません、助かります」

「お礼を言われるほどじゃないわよ。洗剤とか、私のならここにあるものを勝手に使ってくれてかまわないから。…そういえば苗字《みょうじ》の小太刀、って珍しい字を書くのね。玄関のホワイトボードで見て、へーって。木立とか小立って書くのかと思っていたから」

そう言って佐藤は指で宙に文字を書く
「読みは珍しくもないと思いますが、よくそう言われます」

「字面が格好いいよね。下の名前はなんて言うの？」

「来る夏、と書いて来夏です。小太刀来夏と言います」

「来夏…下の名前も、珍しいね？　えーと、カメラにそんな名前なかったっけ？」

「ビンゴです。父が写真家で、ライカというドイツのカメラメーカーからつけられました」

「そうなんだ…！　あれ、なんか私凄くない？」

子供のようにはしゃぐ佐藤につられ、来夏もつい笑みが零《こぼ》れてしまう。

「凄いです」

「うふふ、嬉しいな。今度新しく入居してくる人はどんな人かなーって思っていたんだけど、小太刀さんがここ決めてくれたらいいなって思ってる。ここって空きが出来ればすぐ人が入るような人気物件だから、入居者は選べるほうだけど」

やはりここは人気物件らしい。聞いてしまうと、少し申し訳ない気持ちが募る。

「あの遠武さんが連れてきた人なら、それだけでも安心だし」

「…そう言えば、ここにはあとお二人入居者さんがいるんですよね。女性ですか？」

「ううん？　今は私以外、全部男の人よ」

「そうなんですか？」

他に女性がいないのなら、神保は夫婦で暮らさずにここに一人でいるのだろうか。

「私学生の頃からシェアハウスで生活してるから、そういうの平気なの。むしろ女子が一緒だと面倒になるから、今の状態凄く楽。私の仕事は飲食接待系の風俗業《サービス》だけど、今ここで暮らしてる男子組は差別的な扱いもしないでくれるし」

「俺、てっきり他にも女性がいると思っていました」

「半分ずつの時や、女の子が多い時もあるよー。あれ？　もしかして女の子苦手？」

「うーん、接触率《せっしょくりつ》が低すぎて判断出来かねます。多分苦手では、ないです」

「むしろ平気なほうでしょ。彼女いないの？」

すかさず返され、来夏は少し困った表情で自分と身長差のない佐藤を見つめた。

「いまのところは。…俺がどうして女の子が平気って？」

「えーとね、私は好きで風俗業やってるけど、小太刀さんは全然気にしてなかったみたいだったし…私の朝のあの仕事着の格好で動じないのは、見慣れていたから。違う？」

女性は苦手ではない、どちらかというと無関心に近いのだ。だから佐藤の指摘《してき》通り、艶《つや》っぽい女性の格好に動揺《どうよう》しないのも見慣れている部分も少なからずあった。

答えない来夏にも、佐藤は気を悪くした様子もなく笑う。

「答えないのは紳士だから、ってことにしておいてあげる。洗濯が終わったら、私の分はそのまま置いて自分の分だけ持っていってねー。私はちょっと出かけてくるから気にしないで。あ、そこにあるピンチハンガーに私の分を干しておいてくれてもいいけど！」

佐藤が指差した先に、佐藤と書かれたピンクの可愛いピンチハンガーがあった。

「あはは、判りました。いろいろありがとうございました」

佐藤は出かけて行き、ここでやることのない来夏もリビングへ戻る。

「…」

キッチンのシンクの中に、また洗われていない食器が残っていた。

来夏は軽く腕まくりをすると食器を洗い、ついでにシンクの中も磨《みが》き始める。

目に見えて汚れているということはないが、自分の食器は洗ってもキッチンの手入れまではあまりしないようだ。

来夏は昼前に買ってきた重曹《じゅうそう》でシンクや鏡面《きょうめん》仕上げになっているガス台を磨き上げ、沸《ふっ》騰《とう》させたお湯でスポンジや布巾を消毒《しょうどく》する。

「どうしよう…愉《たの》しい」

もとから家事は嫌いではない来夏は、ちょっとのつもりで始めた掃除に夢中になった。

だから背後から突然かけられた声に驚いて飛び上がる。

「…ついでにね」

「うわっ⁉」

振り返ると、キスが出来そうな至近距離《しきんきょり》に見知らぬ男の顔があった。ドアが開く音も、階段を降りてくる音も聞こえていない。

「家のお掃除もすると…運気、あがりますよ」

ひょろりとした長身の、痩せぎすの男性だ。その姿と声に来夏には覚えがあった。

「あなたは…あの時の占い師…！」

「ぴんぽーん」

会社が倒産する前、頼みもしないのに突然自分を占った男だ。

「どうして、ここに!?」

「それはー、私の台詞《せりふ》ですよ…。私はここに住んでます…あ、私三階の吉田《よしだ》といいます」

意外に普通の名前だなと半分感心しながら、来夏は続けた。

「あなたが？　ということは、六人目の住人？」

「順番はついていないですけどね…。いやあ、奇遇《きぐう》ですねー」

眠そうな喋りかたは仕事柄なのか、彼自身の素地《そじ》なのかどちらにしても違和感《いわかん》はない。

「奇遇も何も…あなたから厄災云々《うんぬん》の話を聞いてからすぐに、会社が倒産したんだ」

「あらあ、それはご災難《さいなん》でしたねえ」

占い師の吉田がここの住人と知って、来夏の口調もやや丁寧になる。

「あなたは、どうして俺の勤めていた会社が倒産することを知っていたんですか」

「具体的なことを言うのは、占い師の商売あがったりなんでえー、勘弁《かんべん》して下さいー。自分の身に起きたことを、聞いた占いとどう比較するのかはご本人ですよ。…ところでね、掃除。いいですよ、オススメです」

「掃除は嫌いじゃないですけど…こんな偶然《ぐうぜん》、あるんですか？」

洗いかけで手を泡《あわ》だらけにしたまま、まだ納得出来かねる来夏に吉田は首振り人形のように忙《せわ》しなく頷く。見えている腕も筋張って細く、枯れ木に半袖シャツを着せたような男だ。ぼさぼさの髪に眼鏡《めがね》をかけていて、今日も顔はよく見えない。

「こんな偶然があることは、あなたが一番ご存じじゃないんですかー？」

「…！」

もしかして神保と再会したことを言われたのかと、来夏は頰に緊張を走らせる。

そんな来夏の様子など気付いたふうもなく、吉田はのんびりと続けた。

「避けようがない厄災は、なるべく小さいほうがいいでしょう。だからお掃除、オススメ」

「会社はもう倒産してしまったし、厄災は終わりましたよ」

「あれ私、会社の倒産があなたにとっての…ええと、お名前を伺っても？」

「小太刀といいます」

「会社の倒産が小太刀さんの厄災だとは一言も。そうですかー、会社も倒産とは…」

「も⁉　ということは、他にまだ災難があるってことですか？」

「災難かどうかは…。過分《かぶん》な忠告《ちゅうこく》は占いではなく、お節介になってしまうんですよ。このバランスが案外難しいものなんですよねー。…ところで実は大家さんから預かりものが」

「…」

路上で来夏に声をかけてきたのは、吉田からだ。あれは過分な忠告で、お節介ではなかったのか。そう訊こうと思っても、来夏はそのタイミングを逸《いっ》してしまっている。

吉田は足音もなくダイニングテーブルまで近付くと、振り返って来夏を手招いた。

来夏もそれ以上言及を諦《あきら》め、手を洗って泡を落とすと吉田の近くへと向かう。

「小太刀さんが留守してた時に大家さんから預かったんですよー。差し上げますって」

そう言って吉田が指差したテーブルの上には採《と》れたての野菜と、すぐに食べられるインスタント食品やお菓子、そして日用消耗品などが置かれていた。陶器製のカトラリーもある。

「これ、全部ですか？　俺、まだきちんと大家さんに挨拶も出来ていないのに…」

「ここ来たばかりでは不自由でしょうからって。あ、野菜は畑で採れたものですよー」

気になって車中で遠武に訊いても、大家に伝えておくと言われてそのままだった。

遠武からもあまり人と会うのが好きではない大家なのだとしか、教えられていない。

「全部あなたに差し上げてくれと言われましてー。大家さんはそういうの、気にしないですよー。出来れば店子にには会いたくない、くらいの人ですからねえ」

「でも…自分がどんな人間に部屋を貸すのか、気にならない人はいないと思います」

なんだか大家に避《さ》けられているような気がして声が沈む来夏を、吉田は覗き込んだ。

「小太刀さん、あの遠武さんが連れて来たんでしょう？　その部分で多少の信用調査が済んでるんだと思いますよー。嫌われているなら、わざわざこんな差し入れしませんよ」

まるで自分の心を読んだような吉田に、来夏はぎこちなく笑う。

「…だと、いいんですけど」

「そう、だからお掃除をね。小太刀さんもこれからの生活はあると思いますがー、お掃除」

求職活動はこれから急いでしなければならないが、しばらくの間でもここで暮らすことになるのなら、自分の家になる。

自分の家であれば綺麗に掃除をすることはおかしいことではないし、そうすることで大家も喜ぶのではないかと吉田の遠回しのアドバイスかもしれない。

「…この家の中、新参者《しんざんもの》の俺がお掃除して歩いても大丈夫でしょうか」

「困る人はいないでしょうねえ」

「あの…大家さんってどんな人ですか？」

「変わったヒトですね」

「はあ…」

変わった雰囲気の吉田に変わっていると言われ、来夏はそれ以上言葉が続かなかった。

大家は一体どんな人物なのだろうか。

だが大家からはこうして差し入れもあって自分を気にしてくれている様子だし、少なくともお試しでここで暮らすことについて悪くは思っていないようだ。

「ありがとうございます、戴き物大変助かりますと…大家さんにお伝え願えませんか？」

吉田は快《こころよ》く頷き、それからテーブルにあったお菓子の箱をひとつ手に取った。

「かわりにこれを戴ければ」

「どうぞ、他にもあればお好きなのを」

「いいえこれだけで。ではお菓子のお礼に、もう一つ助言をしましょうかー。今の自分は、過去の自分の蓄積《ちくせき》ですよー」

吉田はそう言い残し、手にしたお菓子の箱をヒラヒラさせながら階段を上っていく。

偶然なのか、彼が手にしたお菓子は来夏が少し苦手な種類のものだった。

「占い師って、不思議だな…」

改めてテーブルの上を見ると、今の来夏には有難いものばかりだ。量が多すぎないのは、来夏が一人暮らしだと聞いているのだろう。

「お米まである。これだけ野菜があれば、明日から自炊が出来る。カトラリーが陶器製なのも有難い。大家さん、俺が金属製のカトラリーが苦手なの知ってたのかな…いやまさか」

外食では贅沢《ぜいたく》は言わないが、出来れば金属製のカトラリーを使いたくない来夏にとってこれが最上の差し入れだった。

まだ顔も合わせたことがないが、気遣ってくれる大家に来夏は心から感謝する。

「大家さんに会った時にでも訊いてみよう」

こうして受ける親切は、心が暖《あたた》まった。自分が確かに、自分以外の誰かと繋《つな》がっている気がするからだ。時折《ときおり》感じる一人暮らしの孤独《こどく》を、そっと癒《いや》してくれる。

「…コーヒーでも、買ってこよう。ついでに飯も」

なんとなく嬉しくなった来夏は、少し昂《たか》ぶった気持ちを静めるために近くのコンビニまで散歩に出ることにした。掃除に夢中になって、いつの間にかもうすっかり夜になっている。外は夜風が心地好く、散歩にもちょうどいい。

来夏はわざと少し遠くにあるコンビニまで足をのばし、普段買っている缶コーヒーを二缶と今夜の分のお弁当を購入する。帰りは近道をして、公園を横切ることにした。

「…あれ？」

街灯《がいとう》の近くのベンチに、スーツ姿の一人の男性が腰かけている。疲れているのか、少し背をまるめるようにして膝の上のお弁当を食べていた。

来夏は躊躇することなく、男性の元へと近付く。

「市川さん」

「…！　小太刀さん…」

驚いて顔を上げた市川へ、来夏は柔らかに笑ったまま隣を指差した。

「こんばんは。隣に座ってもいいですか？」

「…どうぞ」

市川が座っていたベンチは、高台から望める景色も遠い。景観《けいかん》を楽しみながら食事を、という場所ではないだろう。

「俺もここで一緒にいいですか？」

来夏は市川にそう断ると、買ってきたお弁当を広げる。

「…夕飯を召し上がるなら、家のほうがいいですよ」

疲れが滲《にじ》む市川の言葉に、来夏は缶コーヒーを差し出しながら頷く。

「それでしたら、市川さんもご一緒に」

「この時間は、誰かがリビングにいるだろう…」

「誰かとのご飯は、苦手ですか？　シェアハウスなのに」

「いや、そんなことはないが…あいつと顔を合わせたくない」

それが誰のことを指しているのか、朝のトラブルを見ていた来夏には察しがついた。

「じゃあ俺もここで。市川さんがいるなら、ひとりじゃないし。コーヒーもどうぞ」

「小太刀さん…」

「土曜日の出勤も、お疲れ様です。明日はおやすみですか？」

「いえ、出勤です。さすがに二十五連勤では着るものもなくなってきますが」

「二十五⁉　それって、ほぼひと月じゃないですか…！　まだ休めないんですか？」

会社勤めだった来夏には、それがどれだけ酷い状況なのか判る。

「それが当たり前と思われてる会社なんですよ。一定以上の残業時間もサービス扱いでカットされる。辞めようにも、自分が抜けた後の同僚の負担を思うとそれもかなわない」

「…大変ですね」

「単に意気地《いくじ》なしなだけですよ。…もうねー、色々疲れました」

ぎこちなく笑いながら小さく呟いた市川の言葉は、心底《しんそこ》の本音《ほんね》だ。

「…あのね俺、彼女がいたんですよ。結婚を前提にしていたんですが、その準備のためにと残業も頑張って。そしたら忙し過ぎて会えなくて、結局破談《はだん》になりました。何のために働いてたんだか、判らなくなりましたよ」

「それは…」

「はは…返答に困るでしょうから、相槌《あいづち》もいらないですよ。弁当、食べて下さい」

市川はぎこちない仕種で自虐的《じぎゃくてき》に笑う。そして来夏から受け取った缶コーヒーを少し持ち上げて礼を示し、プルタブを引く。

「市川さん、もしかして市川さんの会社って…」

「お察しの通り俺の勤めている会社は、いわゆるブラック企業ってやつです。でも名前だけは世間で通っていて、一部上場もしている。判ってるけど、この不景気では辞められない。疲れてあの家に戻ると、好き勝手に生きてる…生きていられる人もいる」

「…」

来夏は市川の話に耳を傾けながら、お弁当を食べ始める。

市川も黙《だま》って話を聞いてくれる来夏の様子に、普段以上に饒舌《じょうぜつ》になっていた。

「そんな姿を見てると、やっぱり無性にムカつきます。みっともないって自分が判るからさらに腹が立つんです。自分、何やってんだろうって感じですよ。本当、自分が嫌だ。だからここでお弁当食べてるんです。これじゃあシェアハウスに住んでる意味ないですよ」

「夜はいつもここで？」

市川は一瞬言葉を探すように視線を宙にさまよわせた。

「たまに」

「差し出がましいですが、その…転職とかは、考えてないんですか？」

来夏の問いに、市川は即答しなかった。その沈黙が、彼の迷いを映している。

「…。…地方の大学出て、一生懸命働いて。俺の人生なんか意味あるかなーって考えることがありますよ。趣味もないし、生き甲斐《がい》も持ってない。時間が合わなくて大学の友人とも疎《そ》遠《えん》になりました。弁当作ってくれる奴もいないし、会社の仕事以外繋がってるものがないんです。こんな俺が社畜もやめてしまったら、何も残らない。…正直、途方《とほう》に暮《く》れます」

消え入るように市川は呟き、溜息と共に星空が見える夜空を見上げた。

来夏は、そんな彼の膝の上にのせたままでいるお弁当を覗き込む。

割り箸《わばし》は割ってはいるものの、殆ど手がついていない。

「…市川さん、そのお総菜《そうざい》美味しそうですね。一口もらってもいいですか？」

「え？　ええどうぞ」

市川の承諾《しょうだく》を得てから、来夏は彼のお弁当の中から筑前煮《ちくぜんに》の一つをもらって口にした。

いったいいつからここに一人でいたのか、あたためられていたはずのお弁当もすっかり冷えてしまっている。

「…うん、美味しい。だが来夏は気にならなかった。今時のコンビニ弁当って侮《あなど》れないですよね。市川さん、出勤はいつも今朝ぐらい早いんですか？」

「え？　あぁ、まあ。そうですね、大体あの時間です。電車も混まないし」

「じゃあ食事の好き嫌いとか、アレルギーとかはありますか？」

「特にはありませんが…なんですか？」

「もしよければ、ですが。明日一緒に朝ご飯食べませんか？」

「え…」

来夏から告げられた思いがけない言葉に、市川は驚いて顔を上げた。

そんな市川に、来夏はにこりと笑みを返す。

「実は大家さんから、食材の差し入れを戴いたんです。すぐにはとても食べきれないし…実は俺、一人でご飯するの、苦手で」

「…」

突然の申し出に真意を読もうとするかのような市川へ、来夏は少し照れ臭そうに続ける。

「とはいえ俺、誰かに振る舞えるほど料理が得意というわけでもなくて。簡単なものしか作れないんですが、もし出勤前に時間が合えば…市川さんがご無理のない範囲で」

市川は逡巡し、そしてぎこちなく小さく…だが来夏の言葉を噛《か》み締めるように頷く。

「…では、朝のタイミング次第でよければ」

「はい」

市川の返事に来夏はもう一度嬉しそうに笑みを返すと、自分のお弁当を食べ始める。

美味しそうに食べる来夏の様子に、市川もまたゆっくりとだが箸を動かし始めた。

このお弁当にしたのは売れ残っていたからで、気に入って買ったわけではない。

なのにこうして来夏と並んで食べていると、いつもよりもお弁当の味を感じた。

「…明日、もし小太刀さんと一緒に朝食をとることになったら。こんなふうに食べていて味を感じたりするのかな」

「誰かとのご飯は、その相手が最悪に嫌いじゃなければきっと一人よりも美味しいですよ」

「…そうか」

「お腹が空いていると、やっぱり駄目ですよね。体だけじゃなくて、気持ちも元気出ないから何でもよくないほうへ考えちゃうしで。だから俺、悩みごとがあったら続きは飯食ってから考えることにしてますよ」

「そういう…ものかな。考えたことも、なかった」

「そうですよー。試しに今度何か考えなければいけない時に、ご飯食べる前と後で判断の違いを比べてみてください。ご飯食べた後のほうが『なんとかなりそう』って気持ちに大きく傾いてますから。お腹空いてると、気持ちのほうも余裕なくなっちゃうみたいですよ」

冷たくなったご飯を口に運びながら独り言のように呟いた市川に、来夏もぱくぱくお弁当を片付けながら自信満々《じしんまんまん》に肯定する。行儀良く食べているのに、美味しそうな来夏の食事の様子は見ていて気持ちがいい。だから市川もつられて、ご飯が進む。

「…美味《うま》いな」

思わず出てしまった自分の言葉に、市川は改めて美味しいと自覚する。味だけではなく、こうして誰かと一緒に食べている行為そのものが美味しいのだ。

「美味しいです。俺は市川さんと、こんなふうにあの家でも一緒にご飯食べられたらいいなって思ってます」

「…俺も、そう思います」

辛い仕事のこと、シェアハウスでの生活のこと。全てのことを来夏に話したわけではないのに、市川の気持ちはひとりでいた時と比べものにならないほど軽くなっていた。

「洗濯終わってる」

コンビニに寄ってから戻るという市川よりも先に一人帰って来た来夏は、パウダールームに立ち寄って洗濯が終わっていたことを確認する。

「ここは、住んでいる人が帰ってきているかどうかは玄関で靴箱を見るか、部屋のドアをノックしてみないと判らないいんだな。リビングの階段を経由して各部屋に移動するようにはなっているけど、住人のプライバシーは守られてる」

仲が悪くなくても、自分の帰宅状況を他の住人に知られたくないと思う者もいるだろう。

洗濯機の中から自分のものと一緒に、ネットに入った佐藤の洗濯物も取り出す。

「…うーんと、これなら干せそうかな」

来夏は少し考えてから、彼女の分の洗濯物も干してしまうことにした。

パウダールームの横は小スペースだが、物干しのあるサンルームになっている。今は夜で日照《にっしょう》は関係ないが、洗濯機の中に入れっぱなしにするよりはいいだろう。

佐藤の洗濯物は下着がメインの、殆どがリネン類だった。下着が入っていた洗濯ネットはそのまま干せるタイプのもので、わざわざ中から出す必要がない。

名前が書かれた佐藤のピンチハンガーの中央にネットごと干してから、その周囲をぐるりと囲うようにリネン類を干す。こうすれば下着入りのネットが直接見えないので、サンルームに干したままでも大丈夫だろう。

「あれ」

確認に洗濯機の中を覗き込むと、派手な色の女性下着が一枚残ってしまっていた。

「ブラが残ってた…」

そのままハンガーに干してもいいが、佐藤が恥ずかしいと思うかもしれない。何より何故これだけ個別に干したのかと、疑われる行為を来夏は避けたかった。

たとえ血の繋がった家族でも、男性が下着に触れることを快く思わない女性が多いことを来夏は知っている。来夏が男性に思われているか否かは別として、まだ知りあったばかりの赤の他人に直接下着を触れて平気な女性はいないだろう。

「ネットの中に入れて干せば大丈夫かな」

女性の下着に触れることに全く抵抗がない来夏は、取り出した下着を干した洗濯ネットの中に入れるため、一度ハンガーから外して中を開く。

背後に人の気配を感じたと同時に大きな声が響き渡った。

「下着泥棒《どろぼう》！」

「え？　うわっ…⁉」

一瞬何のことか判らず背後を振り返った来夏は、そのまま乱暴に襟元《えりもと》を摑まれ壁に押しつけられそうになる。来夏が寸前で避《よ》けたため、相手の腕が振り上がった。

「‼」

襟元を摑まれたままで殴《なぐ》られそうになった来夏は、その腕をもう一度躱《かわ》して勢いを受け流してから相手を簡単に引き倒す。

見たことがない、男性だ。年齢は自分よりも少し若いだろう。明るい茶髪に、派手なシャツを着ている。引いた腕を摑んで自分を組み敷いている来夏を凝視《ぎょうし》していた。

「だ、誰だっ、お前！」

「それは俺の台詞です、すみませんここの住人のかたですか？」

殴られるのは御免だと、来夏は相手の腕を離さない。たいして力を入れている様子がないのに、相手はどんなに頑張っても来夏の腕をふりほどけなかった。

「そうだよ、この下着泥棒！」

「それは…」

彼の叫び声を聞きつけ、廊下から複数の足音が聞こえてくる。

「何の騒ぎ」

「…あ」

真っ先にパウダールームに来たのは、神保だった。

姿を見せた神保に、組み敷かれていた青年が声をあげる。

「下着泥棒です！」

神保は来夏と組み敷いている青年をそれぞれ見比べると、首を傾げた。

その神保の仕種に見覚えがある来夏は胸に刺すような痛みを覚える。

「…松本《まつもと》さんが？」

「なんで！　どうして俺なんですか！」

「いや、状況的に…松本さんが組み敷かれているので」

「泥棒の現行犯《げんこうはん》を止めようとしたら、急にぐるってまわされて倒されたんですよ！　下着泥棒は、俺の上に膝乗せているコイツです！」

来夏に殴りかかってきたのは、松本という名前らしい。

パウダールームに、自営業の浅井と怪しい占い師の吉田もやってきた。

物音で我関せずという住人達ではないらしい。市川とこの下着の持ち主である佐藤は家に戻って来ていないようだ。遠武も、まだ帰って来ていないのだろう。

「…」

無言で問うようなまなざしを向けてきた神保に、来夏は力を緩《ゆる》めないまま肩を竦めた。

「俺は下着泥棒じゃありません。この人が急に殴りかかってきたので」

「小太刀さんが組み敷いているのは、ここの住人の松本さんです。松本さん、その人は新しくこちらへ来た小太刀さんです。…下着泥棒ではないですよ」

「新しい住人⁉　でも俺、こいつがネットからブ…佐藤さんの下着を盗《と》ろうとしたの、見たんですよ！」

「違います、あれは…」

「ねえ、皆で何の騒ぎ？　あら？」

艶っぽい高い声と共に、佐藤が帰ってきた。佐藤もまた神保と同じく、ハンガーにかけられている洗濯物と床にいる来夏と松本をそれぞれ見遣《みや》る。

そんな佐藤に、神保は肩越しに小さい声で説明した。

「…小太刀さんが、下着泥棒だと疑われて」

「そうなの？　あらやだ、松本クンごめんなさいね。私が小太刀さんに干しておいてってお願いしたのよ！　小太刀さんは下着泥棒じゃないわよぅ。小太刀さんもすみません」

早くどいてあげてと佐藤に促され、来夏はようやく松本から手を緩めた。

来夏に干すのを頼んだというのは、状況を正確に判断した佐藤の機転《きてん》だ。

「ひとつだけ洗濯槽の中に残っていて、ネットの中に入れて干そうと思ったんです」

洗濯物は、下着が見えないように配慮されて干されている。下着を盗もうとした来夏の言葉とはとても思えない。

「そうだったの？　気を遣わせてしまって、かえって悪いことをしてしまったわ。…本当に時々なんだけど、下着がなくなってしまうことがあるの。それで松本クンが気にしてくれていたんだと思うわ。そうでしょ？　松本クン」

言葉の最後を佐藤から振られ、松本は気まずそうに視線を外す。

「…そうです」

「疑いが晴れれば、俺はそれでいいです。佐藤さんが帰って来てくれて助かりました」

「こちらこそ。…お礼に、ホントに下着持ってく？」

訊かれ、来夏は笑いながら即答する。

「あはは、すみません要《い》らないです」

「そこは嘘でもいいから一応どうしようかな、って態度を見せるのが紳士でしょう？　松本クンも新しく入った小太刀さんの顔を知っていればこんなことには…そうだ！　ねぇ、皆で小太刀さんの歓迎会《かんげいかい》をしない？　週末だし」

「歓迎会？」

ここにいた者全員が口を揃え、佐藤が頷く。

「それぞれもう小太刀さんとは会ってるかもしれないけど、正式な紹介がまだでしょ？　大家さんが紹介してくれればいいんだけど、忙しい人だからアテにならないしー。それなら歓迎会してしまえば自己紹介も一回で済んでいいじゃない？」

「全員が参加するかな…」

「トラブル回避のために新人さんの顔見せにぃ、先住が参加するのは入居条件のひとつよ、松本クン。長居したくなければ、挨拶してからなら席を外しても大丈夫だし。神保さん、どう？　名案だと思うんだけど」

「そうですね…今夜は松本さんもいるし、あとは市川さんが仕事から帰られたら…」

神保の呟きに、来夏が遠慮がちに手を挙げた。

「市川さんなら、多分もうすぐ帰って来ると思います…よ？」

「…」

そうなのか？　と、問いかけるような神保のまなざしに来夏は玄関を指差す。

「さっきコンビニへ買い物に行った時にお会いしたので。遠武さんも留守では」

「あの人も、もう帰って来るって連絡があったばかりです。それなら…」

神保の言葉を受け、佐藤が明るい表情で手を叩いた。

「遠武さんが帰って来たら、全員揃うじゃない。なら今夜、歓迎会開きましょう！　ピザでも頼めばいいでしょ？　これから飲みに行くつもりでいたから、家で飲めてよかったー」

すっかり歓迎会を開くつもりの佐藤の様子に、神保が諦めの溜息をつく。

「…判りました。急な話なので簡単になりますけど、用意します。他の皆さんも小太刀さんの歓迎会に是非参加してください」

「俺は忙し…」

「うふふー、浅井さーん？　もし今夜参加しなかったら、大家さんに浅井さんが歓迎会には出なかったって言っちゃうわよー？　浅井さん、たしか来月契約更新よね？」

「…！」

いかにも面倒臭いと口調に出ている浅井の申し出を、佐藤はやんわりそう言って封じた。

それから一時間も過ぎてから、リビングで来夏の顔見せを兼ねた歓迎会が開かれた。

歓迎会と言ってもそれぞれが何か軽食やお菓子を持ち寄り、佐藤が酒を提供してそれに合わせたピザとフライのデリバリーを神保が手配した。

来夏も何かつまめるものを作ると申し出たのだが、主役はやらなくていいと神保に言われ、準備が出来るまで部屋で待たされたのだ。

用意が出来たからと呼ばれてリビングへ降りると、遠武も市川も既に席に着いていた。

「では、まだお試しみたいだけど！　小太刀さんがこのまま入居決まってくれるといいわねーの、顔見せを兼ねて！　はい、カンパーイ！」

明るい佐藤の音頭《おんど》と共に歓迎会が始まり、テーブルで真ん中の席に来夏が、その両隣に遠武と佐藤が座っている。

朝に言い争いになっていた浅井と市川は互いに遠い席に座っていたが、乾杯してすぐに浅井は部屋へ戻ってしまった。

来夏の歓迎会というのは酒飲みの名目《めいもく》に過ぎないのが、それぞれ持ち寄った住人達も承知のことだったらしい。ホールケーキは飲み会を知らずに帰って来た遠武からの差し入れだが、テーブルの上に広げられているのは明らかに酒宴《しゅえん》がメインと判る食べ物と酒の量だ。

「…いつもこんなふうに歓迎会、開くんですか？」

グラスでビールをもらった来夏の問いに、隣にいた遠武が苦笑いで頷く。

「大体そうですね。飲み会になってしまうかどうかは、歓迎会を開こうって言い出した人にもよるんです。今回は佐藤さんなので仕方がないですね。大家からの差し入れは秘蔵《ひぞう》の果実《かじつ》酒《しゅ》ですよ、美味しいので飲まれるといい」

「すみません、遠武さんも忙しい人なのに…」

遠武は歓迎会が始まってからも二度、会社から急ぎの電話が入って席を立っていた。

「私のほうこそ、何度も離席してすみません。それに住人全員がこうして揃うのも、こんな時でなければ滅多《めった》にないので。皆それぞれ生活スタイルも違うし、期間はそれぞれですが…入居者の入れ替えもありますからね」

十分なつまみと酒があるせいか、それぞれが近くの者と話をし、笑っている。大家が以前差し入れてくれたという果実酒も振る舞われ、場の雰囲気がとてもいい歓迎会に住人達も皆この場を愉しんでいた。

「ここで一番古いのは…遠武さんになるんですか？」

「そうですね、その次に吉田さんかな。市川さんと浅井さんが同じ頃くらいで…」

「…神保さんは、最近なんですか？」

来夏は出来る限りさりげなく、訊いたつもりだ。遠武も妙に神保を意識している来夏の様子に気付かないふりをしてくれる大人だった。

「神《ジン》ちゃんは私よりは長いけど、後よぅ」

「長いけど後って？」

遠武との話を聞いていた佐藤が、ご機嫌な様子で会話に入ってくる。テーブル向こうの席に座っている神保はこちらの会話に混ざらずに市川と話していた。

この席に座ってからも、来夏は乾杯の時に一度しか神保と目が合っていない。

来夏を下着泥棒と呼んだ松本はまだ大学生で、大学に通う傍《かたわ》ら芸能活動をしているらしい。とはいえまだ駆《か》け出《だ》しで、バイトをかけ持ちしているのだと佐藤が教えてくれた。

「うふふー、私は出戻りなのー。神ちゃんよりは先に入居してたんだけど、一度出てまた戻って来たから。だから長さで言えば遠武さんの次くらいになるかな」

そう言って佐藤は来夏のグラスに酒を注《つ》ぐ。その仕種は手慣れて、自然だ。相当強いのか、来夏よりも飲んでいるのに酔《よ》った様子は全くない。

「ここがとても居心地がよい家なのは、俺でも判ります」

「でしょう？　大家さんの配慮も大きいとは思うけど。住人同士も、これまであんまり揉《も》めたことなかったのよぅ。そもそも浅井さんも市川さんも仲が悪くなったのって…」

「佐藤さん！　小太刀さんに聞かせなくてもいい話はしないでください！」

向こうまで聞こえていたのか、端の席から制止する市川の声に佐藤は肩を竦める。

「…続きは、市川さんから教えてもらいますね」

「そうしてください。ちゃんとお話ししますから…小太刀さん、如何《いかが》ですか」

慰めるように佐藤へ笑いかけた来夏へ、今度は市川が腕をのばして果実酒を注いだ。

「戴きます」

熟成が進んだ果実酒は甘味があって口当たりもよく、まるでジュースのように飲めてしまう。氷を入れただけのストレートで飲んでいるので、尚更だ。

基本的にはそれぞれセルフで酒を足して飲んでいるが、こんなやりとりも会社員ならではだろう。勧《すす》められ、来夏も抵抗なくもらった一杯目を軽く空けた。飲んでも顔色が変わらない来夏に市川が感心したように二杯を注ぎ足す。

「小太刀さん、結構飲めますね」

「うーんそうでも…会社で困らない程度ですよ。仕事じゃないから、お酒が美味いです」

お世辞《せじ》ではなく、本当に美味い果実酒だ。

「俺もです。大家さんの果実酒、美味いんですよね。だからつい飲み過ぎて…それに注ぐほうも義理じゃないから、気が楽です」

来夏につられて笑う市川へ、今度は遠武が酒を促した。

「では私からも。市川さんも、仕事お疲れ様です」

「男前の遠武さんにそう言われると、悪い気がしません」

ほろ酔い加減の市川は遠武から酒を受け、軽く空ける。

そんな傍らで来夏も佐藤に酒を注ぐ。

「うーん…大人しかいないシェアハウスだと、こういう楽しみがいいのよねえ。普段はお酒を注ぐほうだから、してもらうと嬉しいなぁ」

ご機嫌な佐藤の様子に、笑いが零れる。紅一点《こういってん》だからというだけではなく、佐藤は場の雰囲気を和ませてくれた。

「だから小太刀さんも、ここが気に入って決めてくれたらいいなあって思ってるのよぅ」

「私もそう思っていますよ」

今度は遠武がグラスに注ぎ足してくれながら、佐藤の言葉を重ねた。

「遠武さん…」

頬杖《ほおづえ》をついて覗き込むように見上げてくる遠武に、来夏は紅潮《こうちょう》して耳まで熱くなる。

目が合い、ん？　と問うようなまなざしも優しかった。

社内で名前を言わなくてもイケメンの営業マンで通っていた、遠武の整った顔立ちをこんなに至近距離で見てしまうと酔いも相俟《あいま》って必要以上に彼を意識してしまう。

「お、俺…！　もう少し、何かつまむものを持ってきます…！　戴き物があったので」

遠武のまなざしに耐えきれず、来夏は少し乱暴に席を立った。その勢いのまま、階段を急ぎ足で上る。頬が熱くて、なんだかフワフワしていた。

「うー…、少し飲み過ぎたかな。意識し過ぎだ、俺…」

あれほどの至近距離は、かつてバーで席に並んで飲んでいた時以来だ。

「男の俺が見ても、格好いい人だしなあ。仕事も出来るし、優しいし…」

そう呟きながら、ふと自分と目も合わせなかった神保を思い出してしまう。

「…っ、彼のことはいいんだってば、もう」

自分のことに気付いていないのなら、普通に接してくれていてもいいはずだ。

だが神保は、やんわりと自分を避けている…のが、判る。根拠はない、だが肌で感じた。

「ここはいいところだけど、彼のことを考えると決められない」

やり過ごそうと思えば、出来るだろうか。こうして酔っていても、自分の口から名前すら綴《つづ》ることが出来ないのに。

「…やめた」

考えても無駄だと、来夏は頭を軽く振って神保のことを意識から遠ざけた。

思い出すのは、最後に見た神保の表情だ。胸が刺すように痛むから思い出したくない。

自分の部屋に入り、同僚の家に寄った時に差し入れにともらった袋を広げる。

「ん?」

適当に見繕《みつくろ》っていると、耳慣れた携帯の呼び出し音が響く。仕事用の携帯の音だ。だからつい条件反射に頭を上げたその瞬間、ぐらりと天井が足元にまわった。

「…⁉」

目が眩《くら》んだというよりも、急激な貧血に近い。駄目だ、と思うよりも早く体が崩れてしまう。手をついて支えようとするが、力が入らなかった。

そのまま派手な音を伴いながら、床に倒れてしまう。

「小太刀さん⁉」

倒れた音に皆が驚き、足音が近付いてくる。大丈夫、そう言おうとするのに声が出ない。

「大丈夫ですか？　酔いがまわりましたか」

「…っ」

心配そうに覗き込んでくる、遠武の顔。その顔を見るので精一杯で、来夏は声が出せないまま気を失ってしまった。


フワリ、と誰かが自分を抱き上げてくれたのが判る。鼻をくすぐるような清涼感のあるフレグランスが、酔いで目がまわる来夏をほっとさせた。

「少し、飲み過ぎましたか」

届く声が、まるで水の中で聞いているようで判然としない。

誰なのだろうと見ようとすると、また目がまわった。

それでも来夏はようやく薄く目を開けると、ワイシャツの袖口からクロノグラフの腕時計が見える。様子を窺《うかが》うのに、来夏が横たわるベッドに手をついているのだろう。

見覚えのある、腕時計。なら、自分をベッドに寝かせてくれたのは…。

「遠武、さん？　…すみません」

「…気にしないでいい、ですよ。気持ち悪くはないですか？」

「大丈夫、です。目がまわっただけです」

「今、水を…」

「待って、いかないで」

行かれてしまうのが嫌で、来夏は思わず離れようとしたその腕に手をのばした。

「すみません。…少しだけでいいので、ここにいてください」

「…」

僅《わず》かに躊躇した気配の後、そう…っと気をつけながらベッドへ再び腰かける。

その重さにベッドが僅かに沈んだが、人の気配に来夏は安堵《あんど》の息を零す。

兄弟はいないが、大人数で育った来夏は誰かが近くにいてくれるだけで嬉しかった。

自分が横になっている場所からは、腰かけた彼の姿は見えない。だが傍《そば》にいてくれると思うだけで、この目眩《めまい》がおさまりそうな気がする。

「目がまわりますか」

そう言って、髪を梳《す》いてくれる手が心地好かった。酔いの力に後押しされて、警戒心が薄くなっている。自覚がありながらも、来夏は猫が甘えるように目を細めて撫でられる手に頬を擦《す》り寄せた。今夜はこの酔いと自分の気持ちが、不思議と心地好かったのだ。

見知らぬ相手として認識されながら、また嫌われているような態度を見せる神保に少なからず傷つき、だから彼の優しさに少しだけ寄りかかりたいと思ってしまった。

「少し。でも、頭は打ってないので…おかしいな、酔うほどの量じゃなかったのに」

「お酒は強いほう？」

「…多分。弱くはないと思います。だから、自分でも驚いて」

市川には嗜《たしな》み程度だと謙遜《けんそん》したが実際は来夏は相当飲めるほうで、会社でも最後まで潰れないでいられる介抱《かいほう》要員として宴席《えんせき》に引っ張り出されることも少なくなかったのだ。

だからあの量で酒がまわるなんて、来夏自身が驚いている。

「急な引っ越しで環境も変わったから、自分で思っている以上に疲れていたんですよ」

「そうでしょうか…すみません、ご迷惑をおかけしました」

「それにあの果実酒、口当たり以上にアルコール度数高いですよ。ブランデーで作ってる果実酒ですから」

「ブランデー⁉　氷入れてロックで飲んでましたよ…。だから秘蔵の、だったんですね」

「そうです。こんな時でもシェアハウス、いいと思いませんか？」

誘われ、来夏は目を閉じて曖昧《あいまい》に頷く。

「そうですね…でも」

「？」

それでも来夏は躊躇しながら続けた。

「以前傷つけてしまった人が、いて。また迷惑をかけてしまわないか、それが心配です」

「…何か、トラウマが？」

「違うと思います、多分。自分の勝手な行動のせいで自分が傷ついたことを、相手のせいに出来ないですよ。だからこれはトラウマとかでは、ないです」

「何があったのか訊いても…いいですか？」

相手が酷く慎重《しんちょう》に訊いてくる気配が、来夏にも伝わってくる。だが今は気遣われているのが嫌ではなかった。…それだけ、弱っているのだと自分で判る。

「…俺、父親が仕事で忙しくて世界中を飛び回ってて。幼い頃に母を亡《な》くしたので、叔母《おば》の家に預けられていたんです。そこは兄弟が多くて…俺を入れて、子供が八人いました」

「八人…多いですね」

「多いと思います。再婚同士だったんですよ。俺はそこで分《わ》け隔《へだ》てなく育てられました。…

高校に進学してから父親がしばらく日本で落ち着くことになって、叔母の家を離れたんですが…仕事のせいで定住しなくて俺は結構転校する羽目になりました」

「…」

「どうせどこへ転校しても長居をしないのが判っていたので、おとなしくするようにしていたんですが…何度目かの転校先で、ちょっとタチの悪いのに目をつけられてしまって。断ったら、学校内で嫌がらせを受けるようになってしまったんです」

彼は無言で耳を傾けてくれている。来夏もそれが判るから、目を閉じたまま続けた。

「あれは、結構キますね。精神的に。理不尽《りふじん》なこともよく強いられてました。その時は嫌だ、と拒絶するよりも波風たてたくないなーって気持ちが勝ってて唯々諾々《いいだくだく》と」

「小太刀さんは、おとなしい性格？」

「内気な性格ではないですよ。でも転校を繰り返すうちに事なかれというか、面倒にしないでやり過ごしてしまえばいいと思うようになってましたね。どうせ、ここには長くいないだろうし…って、自分は部外者だって意識が強くあったせいです」

「…」

「それなのに…何の皮肉か、一方では断っておきながらクラスメイトを好きになってしまったんです。あまり言葉が多くないのに人気者で、モテてました。自分がそのクラスメイトを好きだと自覚するようになってしばらくして、また…転校が決まって」

「その人に…告白とか、したんですか？」

「しましたよー。悩んで悩んで…結局その学校で、最後の日の放課後に」

「…相手は？」

来夏は目を閉じたまま笑いながら自分の眉の間を指で押す。

「俺の告白を聞いている間に、ここに皺《しわ》が寄って。嫌悪感《けんおかん》も露《あら》わな表情をされました。仕方がないですね、相手は同じ男だったし。話全部聞いた後『それ、本気で言ってんの？』って言われました」

「…！」

「俺、同性を好きになったのは、そいつが初めてでした。自分が同性を好きになれることを知ったのも。だから叶《かな》わぬ恋でもよかったんです。…最後に、自分の気持ちだけ伝えたかった。嫌がらせが子供じみている分ダメージがじわじわとずっとあって、地味にしんどい学校生活の中でその人がクラスにいてくれるだけで、俺は励まされたし学校に行けた。でも、相手にとっては一方的な感情の押しつけは、突然の暴力に等しい。酷いことをしました」

「…相手も、同じように後悔しているのではないでしょうか。驚きのほうが勝《まさ》っていたとか…その告白が何か他の意味があると頭から疑ってしまっていて、素直に受け止めることが出来なかったのかもしれない」

優しいフォローの言葉に、来夏は小さく首を振った。

こんな言葉をもらえたそれだけで、許されたように心が軽い。

もう子供ではない分、あの告白がいかに幼いものだったのか判る。

かつて好きだった時の気持ちが、来夏の中でオーバーラップしていた。雲の上を歩いているように足元が覚束《おぼつか》なくて、なのに不安でたまらないのにドキドキばかりしていた。

神保は自分のことをもう憶えていなくても、好きだった気持ちをくれたのは確かに彼だ。

告白したことで突然終わりにしたのは、他でもない自分なのだから。

「そんなふうに相手が思う必要なんか、ないんです。…ただ最後に見たあの表情と言葉が酷く鮮明で。失恋そのものも辛かったですが、相手を傷つけてしまったと、そればかり後悔しました。それ以来俺は自分のことをひた隠して来たんです。…だから、あの…バーで、遠武さんが声をかけてくれた時は…」

驚いたけど、嬉しかった…そう言おうとするのに、眠気に勝てない。

そんな来夏を慰めるように、また頭を撫でられる。優しい手だ。

「今は、しあわせですか？」

来夏は、半ば夢心地のまま答える。

「幸福です。あなたに、聞いてもらえました。俺、ここにいて…この街で暮らしてもいいんでしょうか。そんなことを望んでも、許されるのでしょうか」

そう訊かずにはいられない来夏の手が、そっと包むように握られる。

さっきは慰められ、今は励まされているのが判った。

「小太刀さんがここで暮らしたいと思うなら、そうしたほうがいいと思います。過去も、あまり気にしないほうがいい…んじゃないでしょうか」

「いつか…機会があれば傷つけてしまったことだけは、詫《わ》びたいと…ずっと思っていて…でも、謝りたいと願うこと自体…きっとそれも自己満足…で…」

包むように握られていた手に、力がこもる。

「そんな小太刀さんの優しさや想いに気付かなかった相手も幼く、そして愚《おろ》かだったんです。だからもう傷ついたり、謝らなくてはならないと思う必要はないんですよ」

「…」

来夏は答えようとするが、眠気に勝てない。手は、そんな来夏の目元を優しく覆《おお》う。あたたかい、手だ。覆われている目元が気持ちいい。

「眠いのでしたら、そのまま寝てしまうといい。後で水を持ってきます」

「すみません…俺…甘えて。あなたに、告解紛《こくかいまが》いのことをしてしまった」

「大丈夫、これから存分に甘えてください。宴会は続けますから。…おやすみなさい」

「…」

来夏の唇が、愛《いと》おしい人の名前を綴る。だが、その名前は声に乗らない。

静かに聞こえてきた声に促されるように、来夏はゆっくりと眠りへと意識を沈めた。

市川はいつもの通り、目覚ましよりも早く起きた。

時計のカレンダーは日曜日を示している。だが今日も、出勤しなければならない。

「…」

「昨日は少し飲み過ぎたかな…」

体に少しだるさは残っているが、それは休みの取れない仕事の疲れなのか、昨夜の歓迎会での酒なのか判らなかった。だがいつものように自分の体がまるで鉛《なまり》になったような、引《ひ》き摺《ず》るように動かさなければいけない倦怠感《けんたいかん》はない。

「昨日は、愉しかったな」

ふとそんな言葉が、出社の仕度《したく》を始めた市川の口から零れ出る。

公園で話を聞いてくれた来夏のように、たまたま隣に座った神保もまた、仕事で疲れきっていた市川の言葉に耳を傾けてくれたのだ。

「そういえば、神保さんも…」

来夏と同じ言葉をくれ、市川を励ました。

神保もサラリーマンで、親戚の事業を手伝っている。だから会社勤めの大変さも市川の苦労も理解してくれ、励ましてくれた。それだけで、市川の心は軽くなったのだ。

スーツに着替え、上着とネクタイを摑んで部屋を出る。気は重いが体は、軽い。

部屋を出る前に無意識に時計を見ると、まだ朝の六時前だった。

顔を洗うために階段を降りると、すぐに朝食の…味噌汁《みそしる》の匂い。

「こんな朝早くに誰だろう…」

もしかして浅井だろうか。自営で生活が不規則な浅井とは、朝に何度か顔を合わすことがある。以前は今のように険悪ではなかったからまだやり過ごすことも出来たが、精神的に疲れている今は煩《わずら》わしいことはなるべく避けたい。

そう思いながら静かに階段を降りていくと、浅井ではない後ろ姿がキッチンに見えた。

「あ、市川さん。おはようございまーす」

背後の気配に気付いて、振り返ったのは来夏だった。

向けられる来夏の笑顔に、市川もつられて笑顔が浮かぶ。

「おはようございます。もう起きて大丈夫なんですか？」

「はい、寝たらもうすっきりです。昨夜はご迷惑をおかけしました」

そう言って本当に大丈夫だと言うように、来夏は笑いながら手をヒラヒラさせた。

明るく、そして元気な来夏の様子は昨夜酒で倒れたとはとても思えない。

「今朝は、早いんですね」

問う市川に、来夏はおたまを握ったまま頬を膨らませる。

「一緒に朝ご飯を食べましょう、ってお約束したじゃないですかー」

やだー、と女子高生のように続きそうな来夏の口調に、市川は自分を指差す。

「！　まさか、本当に俺と？」

「ですです」

「もしかして早起きさせてしまいましたか？」

顔色を変えた市川へ来夏は笑いながら首を振った。

「いいえ、そのためだけではないですよ。でも、一緒にご飯が食べたくて。市川さんのお椀《わん》、どれですか？　あとお茶碗も」

訊かれ、市川はキャビネットの中から自分の食器を取り出す。箸以外で自分の茶碗を出したのは、いつぶりだろう。

「男料理なので、たいしたものは作れないんですが」

そう言いながらも来夏はてきぱきと二人分のおかずをそれぞれの皿に取り分けていく。

「手慣れてますね…すみません、俺の分まで」

「大人数の家族の中で育ったんで、食事当番とかあったんですよ。多分その経験です」

カウンターに出した皿を受け取り、市川はダイニングテーブルに運んだ。

来夏が朝食に作ったのは厚切りベーコンと目玉焼き。皿に一緒に盛られているのはキャベツの千切りと温野菜だった。市川はそれを、テーブルの端から二番目の席に置く。

「…もしかして、そのダイニングテーブルは住人さんの席が決まっているんですか？」

配膳《はいぜん》した席が気になった来夏の言葉に、市川は肩を竦める。

「いいえ、皆空いてる席に好きに座ります。昨夜のように全員が揃うことは滅多にないので
…それでもこの端の席はよく遠武さんが座っているので、なんとなく別の席にしてますね」

「あー、そうなんですね。判りました。ところで市川さん、チーズ大丈夫ですか？」

「？　ええ、好きです」

市川の返事に頷くと、来夏はお味噌汁の椀に何か入れてからよそう。

それから二人で向かい合わせで席に座った。

「これ、全部大家さんからの差し入れなんです。ベーコンとか、卵…お米も戴きました」

「お裾《すそ》分《わ》けして戴いたって後で俺も大家さんには礼を言っておきます。いただきます」

作ってくれた来夏に感謝して、市川は食事を食べ始める。

「！　あれ？　これ…ジャガイモ、ですか？」

先程からずっといい匂いがしていた味噌汁の具が、クシ切りにされたジャガイモだった。

「…です。実は俺、ジャガイモの味噌汁が好きで」

そして椀の底には、とけるチーズが入っている。

「あれ…美味い。イケますね、これ」

初めての組み合わせに恐る恐る口にしてみると、意外にも美味い。

「よかった！　ジャガイモとチーズって、相性がいいんですよ。ジャガイモだけだともそもそしてちょっと口が寂しいんですが、チーズを入れるとボリュームが出るというか」

「判ります、味噌汁もおかずの一品になりますね。これはちょっと新発見…」

具材は意外だったが、味は出来たての味噌汁の味だ。その湯気と味に、溜息が漏《も》れる。

「…こうやって誰かと朝飯食うなんて、いつぶりだろう」

「俺もです。以前は社員寮で皆と食事してましたけど、倒産のバタバタですっかり一人になってました。やっぱり一人より、誰かと食べたいですよね」

えへへ、と笑う来夏に同意して、市川も深く頷いた。

「そうだ、市川さん、昼飯はどうしてます？　社員食堂とかあるんですか？」

「いえ、外食か…時間がずれて、いつもコンビニ弁当ばっかりです」

返事を聞いた来夏は手をのばし、テーブルの上に置いていた布包みを差し出す。

「じゃあ、これ持って行ってください。お弁当です」

「！」

「お弁当箱は俺の学生時代のものなので、あんまりお洒落じゃないんですけど。…市川さん、胃をよく押さえてますよね。コンビニ弁当もしんどい時あるのかな…と思って、胃に負担がかからないのを入れてます。口に合いそうなのがあれば、食べて下さい」

市川は、受け取った弁当と来夏を交互に見遣った。

「小太刀さん…。俺が胃痛持ちだって、よくお分かりになりましたね」

胃痛は、市川にとって日常的になっている。神経性の胃痛薬を飲んでも、効かないのだ。

「俺の従兄《いとこ》が慢性的な胃痛で苦しんでた時に、市川さんと同じように胃へ無意識に手をやるんですよ。昨晩も、そうされていたからもしかして…って思ったんです。胃が痛くて食べられないのはキツいし、食べても痛いのはもっとキツいです」

感謝の気持ちのまま、市川は頭を下げた。

「…助かります。でももし俺がいらないって言ったら、このお弁当は？」

「自分で食べますよー」

「この朝食も、俺が食べなかったら？」

「夕飯に食べます。俺、同じ献立《こんだて》結構平気なんで。だから市川さんも気にしないで、召し上がってください。お弁当も同じメニューが少し入ってるのは許して下さい」

「小太刀さんはいいお嫁さんになれそうですね」

「そうですかねー、それ以前にもらってくれる人がいないですよ」

そう言ってまた笑う来夏の表情に安心して、市川も箸を進める。いつも食事時に感じていたはずの、胃の痛みは全くない。

しばらくしてリビングのドアが開き、遠武がスーツ姿で現れた。

遠武に続いて、神保も姿を見せる。神保は私服姿で、ヒゲもまだ剃《そ》っていない。

「あー、いい匂いだね」

「おはようございます。せっかく開いて戴いた歓迎会だったのに、ご迷惑をおかけしてすみませんでした」

席を立って二人へと頭を下げながら、来夏は遠武の手首を確認する。ワイシャツの袖口から、彼の腕時計が垣間《かいま》見《み》えた。

「気にしないでください。調子は…いいみたいですね。市川さんもこれから出勤ですか？」

「はい、小太刀さんに朝食を戴いています。あとお弁当も」

市川は笑いながら来夏から受け取ったばかりのお弁当を軽く持ち上げた。

「そうなんですか？　いいな！」

子供のように声を上げた遠武へ、来夏が苦笑いを浮かべる。

「遠武さんの会社の食堂、有名な某電子機器メーカーとコラボしてヘルシーで美味しい献立になってると聞いてますよ？」

「ヘルシーで美味しくても、作ってもらうお弁当のほうがいいに決まってる」

遠武は頬を膨らませながら、市川が言っていた席に座った。

「遠武さん、コーヒー？」

神保の問いに、来夏が反応する。

「コーヒーなら、俺が淹れますよ。…神保さんも、朝ご飯食べますか？」

「いや、俺はいい」

神保の返事はぶっきらぼうで、見ず知らずの他人に言われたようだ。

「俺は小太刀さんの作った朝ご飯食べたいなぁ。料理上手って聞いてますよ」

「誰からそんな話を…簡単ですけど、いいですか？」

「遠武さん、これから朝飯食ってたら時間なくなりますよ。俺に運転手させないで、自分で運転しますか？」

明らかにここにいたくない様子の神保に、遠武は一瞬もの言いたげなまなざしを向ける。

市川はそんな二人に気付いても、見て見ぬふりで朝ご飯の続きを始めていた。

「うーん…お弁当…」

「遠武さん。俺が作るのでよければ、今度作りましょうか」

「！」

その言葉を待ってたと言わんばかりに、遠武の表情が明るくなる。

「お弁当代、払います…！」

「いえ、お弁当代はいらないです。大家さんに食材を沢山戴いているので」

「沢山と言っても、ずっとあるわけじゃないでしょう。徴収《ちょうしゅう》して当然のことです」

「えーと、じゃあ…今度試食してください。それで大丈夫そうだったら、作りますよ。…と言っても、再就職が決まるまでの条件ですが」

「結局公共職業安定所《ハローワーク》で求職《きゅうしょく》されるんですか？」

「そのつもりです。引っ越しの手続きもあるので市役所へ行ってから、平日ハロワへ行って求職の登録をしてこようと思っています。おつきあいのあった取引先さんからも、いくつか声をかけてはもらっているんですが…」

「そのコネで、仕事の勝手が判っている同業他社さんに転職されればいいのに」

「うーん…俺じゃなくても。他の同僚がそこに入社出来ますから。神保さんもよければ座っててください、すぐコーヒー淹れますよ。遠武さん、コーヒーメーカーお借りします」

「…」

「小太刀さんもコーヒー、一緒にどうぞ、市川さんもまだ時間があれば。淹れてくださるのは小太刀さんですけど、美味い豆です」

「ご馳走になります。小太刀さん、朝ご飯ありがとうございました。美味しかったです」

「よかった、お粗末様《そまつさま》でーす」

両手を合わせて食事を終わらせた市川の皿は完食していて、来夏はそれに嬉しくなりながら四人分のコーヒーを手早く淹れていく。

「…いいですね、市川さん。小太刀さんの朝ご飯」

口調から羨ましいと聞こえてくる遠武へ、市川は少し得意そうに笑みを見せた。

「誘って戴いたんです。ご飯、本当に美味しかったですよ…また食べたいですね」

わざと肩を寄せてひそひそ話をする遠武と市川に、来夏が負けてしまう。

「あー、もう…！　判りました、遠武さんの朝ご飯も明日から作ります」

そんな来夏へ、遠武は笑いながら親指を立てた。

「ご迷惑じゃない範囲でお願いします」

遠武の正面から二つ隣に座っていた神保は彼らの話に混ざらず、新聞を広げている。

「…」

その横顔は彼らの話などまるで興味がないようにしか、来夏には見えなかった。


時間だと市川が先に会社に出かけ、コーヒーを飲み終えた遠武と神保もまた外出するためにリビングを後にする。

「無視することないのに」

「無視？」

「新聞広げて、小太刀さんに話しかけるなって雰囲気纏《まと》ってたじゃないか」

「…」

遠武の指摘の通りなので、神保はむっつりとした表情のまま無視を決め込んだ。

「小太刀さん…彼のご飯、本当に美味しいんだよ。どこで彼が料理上手だと知ったか、教えようか？」

「…別に、いい」

「彼に関心はない？」

「関心も何も…彼は、遠武さんの友人で…」

遠武が玄関に向かう廊下の途中で立ち止まる。少し後ろを歩いていた神保もまた、足を止めた。朝はいつも開いているリビングのドアから、来夏が食器を洗う音が聞こえてくる。

「友人じゃないよ」

振り返ってそう告げた遠武を、神保は無言のまま見つめた。

「友人じゃないから、ここへ連れてきたんだ」

「なんでそんなことを、俺に言うんです」

「さあ、どうしてかな…志津香《キミ》は、何故か彼を意識しているようだから」

「…このシェアハウス内の秩序は遠武さんです。そんなあなたがこれまで誰もそんな人を連れて来たことがなかったから、少し驚いているだけだ」

来夏とは友人ではない…遠武がはっきり告げた言葉が、神保の胸を刺す。

「自分のじゃないから、関心がないって？」

「遠武さんがここへ連れてくるほどの人って、どんな人なのかくらいは興味ありますよ。だけど、どんな間柄なのかまでは立ち入って聞くつもりはありません」

「ふうん？　それはもう俺とのことは彼に訊いたから？」

「…」

神保はそれに答えることなく、立ち止まったままの遠武を通り過ぎて先に玄関に向かう。

こんな時の遠武は、神保は少し苦手だった。自分が想定した、あるいは望む答えを引き出すまで、諦めない。

大手外資系の商社に勤める遠武はその仕事柄か、帰国子女の経験を経《へ》ていることもあってなのかはっきりと自分の主張を通し、また弁も立った。

どちらかというと話すのがあまり得意ではない神保にとって、苦手な部類の人間になる。

だが神保がここで暮らすようになってから遠武とは何かとウマが合い、同居人というよりは友人としてのつきあいも長かった。似ている部分がないからこそ、仲良くなった類《たぐい》だ。

遠武が女性に対して恋愛感情を抱《いだ》けないことも、神保は知っている。

そのことで遠武が密かに苦しんでいることも知っている神保は、彼を癒してくれる誰かが早く現れてくれたらいいとすら願っていたのに。

遠武の相手として、来夏を連れて来たことに神保は正直驚いたのだった。

まさかこんなところで来夏と再会するとは思わなかった。

聡明《そうめい》さが滲み出ている優しい顔立ちと思慮《しりょ》深いまなざしは、高校で最後に会った時と変わっていない。細身は相変わらずだが神保の記憶よりも背はすらりと伸び、何よりも明るい表情でよく笑っていた。そこだけは、まるで別人かと思うくらい印象が違う。

記憶と結びついたのは、小太刀来夏という少し変わった彼の名前だ。

来夏は小柄だし元もとあまり目立つタイプではなかったが、整った甘い顔立ちをしている。そのせいで高校でタチの悪い連中に目を付けられて悪質な嫌がらせに遭い、気付いた時には沈んだ表情しか神保の記憶にないのだ。

リビングのキッチンで、カウンター越しに遠武と共に笑っていたはにかんだ彼の横顔が神保に強い衝撃を与えた。

しあわせそうに笑っている、来夏。自分との過去のことなどなかったように。

来夏が見せていた表情に何かが音をたてて崩れ、同時に何かが自分の中で生まれていた。怒りにも似た悔《くや》しさと、落ち着かない負の感情も同時に噴き出して一瞬で収束したもの。

それは自分の中では制御出来ない、激しさのある強い感情だった。

だがその感情の名を何と呼ぶのか、神保はわざと考えないようにしている。

「彼に関して、俺に絡むのはもうやめてくれ」

…来夏の告白は、神保も憶えていた。

だが当時、その告白が本気だとは思わなかったのだ。だから心ない酷い態度を来夏にしてしまい、彼を傷つけてしまっていた。

もし、あの時もっと…来夏の言葉だけを真剣に受け止めていれば。

来夏が遠武に見せていた柔らかな表情は、自分のものだったかもしれない…そんな想いが神保の脳裏を掠《かす》め、意地悪に笑っている。

震えていた来夏の手を拒んだのは、他でもない神保自身だ。

そのことでどれだけ彼が傷つき、ずっと心に深い痛手を負っていたのか…神保は昨夜初めてしった。同時に、自分が来夏を誤解していたことも。

「じゃあ、あまり小太刀さんに対して意識しないでくれないか」

「意識なんか、してない。遠武さんの恋人がどんな人なのか興味があったって、それだけ」

嘘だ、遠武の言う通り自分は来夏を意識し過ぎている。

遠武の口から来夏の名前が出たことなど、これまで一度もなかった。

もし来夏が恋人だとしたら、もっと以前に遠武の口から彼の名前が出ていただろう。

何故ならこのシェアハウスで遠武の性的指向を知っているのは、神保だけだ。

彼は常に愛に飢《う》え、己の心のよりどころをずっと探していた。

心が許せる恋人が出来て、神保に報告しないでいられるタイプではない。

…そして来夏は、神保がかつて自分が告白した相手だと気付いていないようだった。

高校の時に告白して失恋したことは忘れなくても、相手のことはもういいのだろうか。来夏の中で自分自身が消えてなくなっていたことに、神保は少なからずショックだった。

同時に遠武は自分と来夏がかつて同級生だったことを知らない…ようだ。

もし知っていたり気付いていたら、来夏はきっと遠武に話すだろう。

そのささやかな過去の秘密が、今現在の神保と来夏を繋ぐ唯一の赤い糸《ライン》だった。


午前中出かけていた来夏はシェアハウスに戻ると、水回りから掃除を始めた。最初に各階のトイレを掃除してから、パウダールームにとりかかる。

「おや、お掃除ですかー」

「吉田さん」

天井まで届く、パウダールームの大きな鏡越しに見えたのは占い師の吉田だった。

「トイレも綺麗にしてくださったのは、小太刀さんですかー？」

「ええ、俺です。吉田さんからお掃除すると運気が上がると教えてもらったので。どこか掃除残りがありましたか？」

振り返った来夏へ、吉田は踊るように手を振る。

「いいえー、とても綺麗になっていたので驚いただけです。…お掃除は大家さんに頼まれて？

それとも自主的にしていたんですかー？」

「自分からです。もしかしてお掃除とか、大家さんに確認とらないとよくありませんでした？　お掃除当番があるのは知っていたんですが、勝手にやってしまってはまずいとか…」

「綺麗にするのに喜ばれこそすれ、いちいち大家さんに断りはいらないですよー。それにいつも使った人が適当にお掃除をしていたので、今は当番制も形骸化《けいがいか》してます。別の階まで必要もないのに、どうして掃除しているのかとちょっと興味がわきまして」

　勝手にお掃除しても大丈夫だと言われ、来夏は息をついた。

「子供の陣地《じんち》遊びみたいにここまでは掃除をするけどあっちはしない、なんておかしいです。共同利用する場所なら尚更。集団生活の場合、最初にその状況に耐えられなくなった人が行動を起こすしかないので…それなら出来る者が掃除すればいいんです」

「その状況？」

「えーと例えば、ここの洗面台の汚れとか。棚の上がごちゃごちゃになっていても気にしない人もいれば、洗面台の中に髪の毛一本あっただけでも嫌だって言う人もいますよね。汚れに対しての限界の度合いは人それぞれなので、一番耐えられなくなった人が自分で掃除して綺麗にするしか状況は改善されない。リビングの整理整頓も同じです」

「あー…なるほどー、確かに確かに」

「でも掃除しておけば、誰かが使った後だからと不快に感じることもないので。自分が使う場所が綺麗だと、気持ちがいいじゃないですか」

「こちらとしては助かります。でも仮入居中とは言え、私達と同じ扱いで然《しか》るべきの小太刀さんがそこまで一人でする必要はないかとー」

「対等に共同で暮らすからこそ、掃除があまり苦にならない人間がやればいいんですよ。幸い俺は掃除が好きだし、負担にも感じませんから」

「負担」

「掃除に限定すると…自分が汚してしまったわけじゃないのに、その場所を掃除をしなくてはならない時に感じるのは、損した気持ちじゃないですか。『どうして俺が』って」

「ふむ」

「その損も後で回収される見込みがないものだと判ってることだし。綺麗になってよかった、という自己満足しか得られません。だって誰も掃除しなくてもいいと思っていたから、されなかったんだし」

「なるほどー。汚いことが平気な人が、自分から掃除をするわけないですねえ」

「そうです。突然宿なしになった何処《どこ》の誰とも判らない俺を、無条件でここにしばらく暮らすことを許してくれた大家さんへ感謝の気持ちもあってしてます。それこそただの自己満足ですけど、誰かがやらなくてはいけないならさせてもらおうと」

恩返しには足りませんが、と来夏は遠慮がちに付け加えた。

「綺麗になって、気持ちよく使わせてもらえて有難いのはこっちです。大家さんがもう少しで帰って来るらしいですから、綺麗になっていたらきっと喜びますよー」

「大家さん、来るんですか？」

「ええ。他の仕事が忙しくて、本業のはずの大家の業務を怠ってしまって家の手入れが出来ないって嘆《なげ》いていましたから、こうして小太刀さんにやってもらえて有難いかと。庭も草がボーボーで、綺麗だった芝生《しばふ》があとかたもない」

「大家さんにお会い出来たら、一言ご挨拶だけでもするつもりです」

「恥ずかしがり屋の人なので、わざわざ礼なんかいいって言われそうですよー。どうぞご負担のない範囲で頑張って下さい。私も廊下をモップでもかけますねー」

「はい、ありがとうございます」

「あ、そうそう小太刀さん」

「？」

呼び止められ、今度は風呂場の掃除に行きかけていた来夏は足を止めた。

「『壁に耳あり』ですよー。ご注意下さいねー。小太刀さん、厄災取れないですねえ」

「…。お掃除して運気上げても駄目ですか」

「全く」

来夏は改めて、吉田へと体を向ける。

摑み所のない男だが、かといって自分をからかっているようには来夏には思えなかった。

「教えて戴いて恐縮ですが、もう少し具体的にアドバイスがあると助かるんですが…」

来夏が望んだアドバイスではないが、教えてもらったことだ。

出来ればもうちょっと具体的に聞いて、改善策をとりたい。

そう思っての来夏の言葉に、吉田は軽く肩を竦めた。

「占いというのは、必要以上に相手に教えるべきではないですからねえ」

「…そうですか」

「健闘《けんとう》を祈りまーす」

「どうも」

パウダールームを後にする吉田へ一礼してから、来夏は風呂場の掃除にとりかかる。

広いこの風呂場はパウダールーム続きの一階にあり、大きな窓で採光と換気もいい。

天気がいいので気持ちのよい風も抜け、来夏は壁まで磨きながら窓から外を見る。

「…本当はお風呂場の窓からの景観も、いいはずなんだよなあ」

風呂場の窓からは裏庭が見え、植わっている木々が程よく視界を遮《さえぎ》ってまるで避暑地の別荘に来ているようだ。

「うーん…枝がのびすぎてるな」

だが手入れがよく行き届いていないのか、窓から見える庭は鬱蒼《うっそう》と枝葉がのびすぎて風通しが悪いし、必要以上の日陰も出来てしまっていた。

「そう言えばアプローチも雑草がわんさかのびてたな…先に庭をやるか」

来夏は風呂場の掃除をきりのいいところで終わらせると、庭の草むしりをするために玄関に向かう。

「…！」

ちょうどその時、車のキーを手にした神保が帰ってきていた。

スーツ姿の様子から、仕事の途中で家に寄ったようだ。

来夏の気配に気付いて、神保が顔を上げる。神保と、目が合った。

「神保さん」

「小太刀さん…もう帰ってきてたんですか」

彼とこんなふうに目が合い、逸《そ》らさずにいてくれたのはここへ来て初めてだ。

「はい。まわる予定のところは午前中で全部片付いたので。…ここは交通の便もいいですね、乗り換えもスムーズでしたよ」

「以前の会社の残務は？」

「俺が一番最後だったんです。ところでこれから庭の手入れをしたいのですが、俺がやっても大丈夫でしょうか？　大家さんに許可を戴いたほうがいいですか？」

「庭？」

以前の経験の残骸《ざんがい》か、神保のどこか威圧的《いあつてき》な口調は来夏に緊張を生む。だがもう、彼に対して怯《おび》える必要は何もないのだ。顔色を窺う必要も、ない。

「この夏に育ちすぎた余分な枝を払って整えて、雑草も抜いて少し綺麗にしたいんです。払っては駄目な木は、教えてもらえれば触りませんから」

そう言った来夏の顔をじっと見つめてから、神保は問うように首を傾げる。

「何故、そんなことを？　遠武さんに何か言われましたか？　朝食のことといい」

「いいえ、遠武さんは何も仰《おっしゃ》ってないです。俺がしたくて勝手にやってます」

何故ここで遠武の名前が出てくるのだろう、彼がそんなことを言うわけがないのにという気持ちが来夏の返事をやや強いものにした。

「…ここでそんなに気を遣う必要は、ないですよ。庭の手入れも本来は大家の仕事だ」

来夏がむっとしたのを察したわけではないだろうが、神保の口調が少し柔らかくなる。

「仮入居中の俺が手入れをしたら、迷惑でしょうか。大家さんはお忙しいと聞いたので、何かお手伝いがしたかっただけなんですが」

「迷惑では、ないですよ。大家はここへの時間がとれなくていたから、助かると思います」

「…じゃあ」

どうして、してほしくないような口調だったのだろう。来夏は言いかけて、やめる。

子供じゃないし感情のまま口に出して、先住の神保を不快にさせる必要などないのだ。

「庭木の手入れの道具があれば、少しお借りしたいんですが」

「…庭に」

そして神保も、そんな来夏へ何か言いたそうな仕種を見せただけで何も言わなかった。

庭を指差しながら端的な言葉の神保に頷き、行けば判るだろうと来夏は玄関へ向かう。

「なんか、噛みあわないなあ…俺が意識し過ぎなのかな」

自然にしようとしても、会話がぎこちなくなるのが判る。それはきっと神保にも伝わっているだろう。

「あいつは俺のこと…忘れてるんだし。俺が単純に気にくわないのかな」

もしかしたら高校時代も、そうだったのかもしれない。

昨晩は言わなかったが、高校時代の神保は来夏に親切でいてくれたのだ。

それは嫌がらせを受けるようになってからも変わらず、積極的に親しくすることはなかったが、声がかけづらくなってからも神保のほうから手を差しのべてくれていた。

学校の人気者が善人《ぜんにん》ぶった、人気取りからくる偽善《ぎぜん》の行動ではない。

人の見ていないところでも、神保はいつも優しかった。

「人は相性があるから、しかたがないか。こうして再会出来ただけでも幸運だ」

来夏は自分をそう励ますと、一番目につく玄関のアプローチから草むしりを始める。

「ここは本当に日当たりがいいんだな…タオル持ってくればよかった」

もう夏は過ぎたが、晴天の空は日差しが強い。タオルと一緒に帽子もあればよかったと思いながら、日差しを背にしゃがんで草むしりを続ける。

「…？」

その時、眩《まぶ》しく感じていた視界が不意に影で遮られた。

何だろうと顔を上げると同時に、麦わら帽子が頭にのせられる。

「日差しがキツイので、それ被《かぶ》ってください。それから軍手も」

神保はスーツの上着を脱ぎ、ワイシャツの袖を捲《まく》っていた。日差しはあるが、もう暑いという季節ではないのにどうしたのだろう。

「ありがとう…ございます？」

ほら、こんなふうに神保は優しいのだ。ぶっきらぼうな口調だから、損をしている。

「どうして疑問形なんですか…」

不思議そうな来夏に神保は舌打ちしそうな渋面を一瞬浮かべたが、何も言わずに近くにしゃがみ込む。そして来夏と同様自分も軍手を嵌《は》めると、腰を下ろして草むしりを始めた。

「！　いいですよ、神保さん…！　神保さん、まだ仕事中ですよね？」

それで上着を脱いできたのだと察して思わず立ち上がった来夏へ、神保はかまわずに作業を続けている。いいスーツのズボンなのに、気にもしないで地面に膝をついていた。

「少しくらい遅れても、何か言われる職場じゃないので大丈夫です。広い庭だし、玄関のアプローチ部分だけでも二人でやってしまったら早いですよ」

それ以上余計な言葉は聞きたくないと言わんばかりに、神保は背を向けてしまう。

来夏は小さく息を吐いてから、改めて腰を下ろす。

それから二人は特に会話を交わすこともなく、黙々《もくもく》と草むしりを続けた。

「結構育ってるなあ」

どれだけ手入れをされていなかったのか、見えていた部分よりも雑草が多い。

軍手を借りたので素手よりは作業が早いが、道具があったほうがいいようだ。

「神保さん、あのう…鎌《かま》とか、ありますか？」

来夏に恐る恐る訊《たず》ねられ、ずっと背中を向けていた神保が立ち上がった。

「物置の場所、判りませんでしたか」

「草が目についたので、先にここら辺だけ綺麗にしてしまおうと思って」

「こっちです」

そう言って先に歩き出す神保に、来夏も急いで立ち上がって後に続く。玄関が見える門から右手の、浴室やパウダールームがある右側の目立たない場所に物置があった。

引き戸を開けると広い物置は三畳ほどの広さで、作り付けの棚に庭の手入れが出来る一通りの用具が揃っている。芝刈り機もあり、本格的だ。奥には、母屋《おもや》へ続くドアもあった。

用具が雑然としているところから、かつてはよく庭の手入れがされていたのだと判る。

「ここにあるものなら、いつでも好きに使って下さい」

「すみません、助かります」

来夏の背より高い位置に、網目のカゴに入れられた鎌が見えた。物置を出て行く神保の気配を背中に感じながら、来夏が腕をのばしたその時、突然声をかけられてしまう。

「…そうだ、小太刀さん」

「えっ!? うわっ…！」

まさか神保に声をかけられるとは思っていなかった来夏は、必要以上に驚きながら振り返り摑んでいた鎌の入ったカゴを棚から勢いをつけて引き出してしまった。

だがカゴは想像以上に重く、来夏の手では支えきれずにバランスを失い、ぐらりと傾《かし》いで落下しそうになる。

「危ない…！」

鎌が落ちてくる、と思わず目を瞑《つむ》った来夏の頭上でやや派手な音が響いた。

「…？」

覚悟していたはずの鎌の落下はなく、目を開けた来夏は自分が神保の腕に頭を守られるようにして抱き寄せられていたことに気付く。

頭上で聞こえてきたのは、神保の長い溜息。つられて顔を上げると、キスが出来そうなくらい近い場所に、神保の顔があった。

「神保、さん…？」

神保はケースを支えるのに片腕を上げているので、これではまるでキスをするために壁に押しつけられ、抱き締められているようだ。

「危ないだろう…！　棚から刃物入ってるモノ取る時、気をつけ…！　気をつけて下さい」

安心してつい強い語調になってしまった声に思わず怯え、肩を竦めた来夏に気付いた神保の声は最後のほうは意識的に抑えられて優しくなる。

来夏はそんな神保を思わず見つめてしまう。

そして神保もまた、そんな来夏をじっと見つめ返していた。

互いの体温をリアルに感じる程、近い。

「すみません、ありがとう…ございました」

見つめあったまま来夏は礼を言うが、神保の腕は緩められない。

それどころか、もっと彼の顔が近付いた。自分の今の状況を判っていながらも、来夏は初めて近くで見る、神保の整った顔立ちに見惚《みと》れてしまう。

「小太刀さん、俺はあなたに…」

「え？」

言いかけた神保の言葉は、戸口から聞こえてきた松本の声に遮られた。

「小太刀さん、どこにいますか？　大家さんが…‼」

そして松本の声もまた、息を飲む音に途中で途切れた。

「そこで何やってるんですか⁉」

ショックで裏返り、松本の声がヒステリックに響く。

その時になって、ようやく来夏は神保の腕から解放された。

布越しに感じていた神保のぬくもりが消え、来夏はそれが寂しいと感じてしまう。

「…何って、鎌を取りに来てカゴが」

事情を説明しようとした来夏の肩に、神保の手が載せられた。

「別に、何もしてない」

「じゃあ、どうして抱きあってたんですか？　こんな場所で、人目を避《さ》けるように…！」

「だっ…、違います！　俺達、抱きあってなんか」

「行こう」

松本の言葉を無視した神保は、再度来夏の言葉を遮るとその手を取り、入り口に立ち尽くしていた松本を押しのけるように物置を出て行く。

先日のことといい、松本には間の悪いタイミングばかり見られている。

「俺、このこと…遠武さんに言いますからね！」

「…！」

松本の叫びに、来夏が敏感に反応する。繋いでいた手を通じてその衝撃が伝わった神保は、もっと強くその手を握り締めた。

二人は家の中へ戻ると、神保はやっとその手を離す。

「神保さん…！　どうして、変な誤解をされたままにしておくんですか…！　落下物から俺を庇《かば》ったって一言言えば…」

「遠武さんに、誤解されたくない？」

「な…、あ…当たり前じゃないですか…！　神保さんだって困るでしょう！」

神保は自分を忘れている、だからあの告白も憶えていないはずだ。

なのにどうして、この男はこんなことを言うのだろう。

遠武とは後ろめたい、ことはない。だが、お互いのことは知っている。

だから本当の意味でも、誤解されたくない。誤解が、誤解ではなくなってしまう。

「…」

やや不機嫌そうに眉を寄せる神保の表情が、また来夏にあの手酷い告白を蘇らせた。

彼のまなざしは、来夏にとって耐え難い。

神保が何故こんな行動をとったのか、来夏は理解出来なかった。

「面倒に巻き込まれたくなかったら、松本さんが自分の部屋に戻るまで小太刀さんも部屋にいたほうがいい」

「神保さん…！　俺、草むしりも途中です」

「俺は忠告しましたからね」

神保は来夏に答えることなく、それだけを言い置くと再び玄関を出て行ってしまう。

「面倒作ってるのは、そっちだろう…！」

バタンと閉められた玄関ドアに、来夏はそう八つ当たりするしかなかった。


玄関で立ち尽くしたままの来夏の耳に、自動車が遠ざかる音が届く。

「はあ…ワケ判んね」

来夏は大きく溜息をついてから、草むしりを諦めてリビングへ向かった。

「あれ、小太刀さんちょうどいいところに。大家さんに会えましたー？　さっき大家さんが来て、またこれ置いて行きましたよ」

吉田が指差したテーブルには、また収穫したてだと判る野菜と、今度も卵と肉まで一緒に届けられていた。家庭菜園ならではの、野性味溢《あふ》れる大きなレタスもある。

「大家さんが？　庭で草むしりしていたんですが…お会いしてないです」

そういえばさっき、誰かが玄関から出ていく音が聞こえていた。いないと思われて、帰ってしまったのかもしれない。

「大家さんには、小太刀さんが会いたがっている旨はお伝えしたんですが。それから庭の手入れも、無理のない範囲で好きにしてくださいって言ってましたよー。今は手つかずになっていますが、裏には小さな畑もあるので、よければそこもどうぞって」

「そうですか、ありがとうございます。大家さんにも…また挨拶をし損なってしまっているのに、こんなに戴いて申し訳ないです。皆さんで分けましょう」

吉田は手にしていたモップを軽く持ち上げる。本当に廊下にモップをかけてくれていたようだ。モップは定期的に交換に訪れる契約業者のもので、好きに使っていいらしい。

「小太刀さんが自炊するなら必要な分だけもらって、あとは冷蔵庫の共同で使っていい場所に置いておけばいいと思いますよー。名前を書かなければ、皆勝手に食べますから」

「そうさせてもらいます。ところで吉田さん、壁に耳ありじゃなかったですよ…」

吉田を責めるつもりはないが、松本にまた間の悪いところを目撃され、その神保がとった対応に対してすっきりしない感情を抱いていた来夏はついぼやいてしまう。

「まあ、この家に障子《しょうじ》ないですしー。何があったか、ご事情を伺ってもいいですけど」

ただの吉田への八つ当たりだと判っている来夏は、すぐに羞恥と申し訳なさが募る。

「いや…いいです。占いを望んでいるわけでは、ないので」

「それは、残念」

「少し休憩《きゅうけい》しませんか。お茶淹れます。お掃除もお手伝いさせてしまってすみません」

そう言えば仕事の途中だったのに、わざわざ一緒に草むしりを手伝ってくれた神保へ礼も言っていなかった。

お茶を淹れるためにキッチンカウンターの中に入ると、シンクにまた使った食器がそのままになっている。来夏は、その食器を何でもないことのように洗ってから湯を沸かす。

「…」

そんな様子を、カウンター席に腰かけた吉田が頬杖をついて見ていた。

「ねえ、階下《した》に誰かいるー？」

昼間は開放されているリビングのドアから聞こえてきた佐藤の声に、来夏と吉田は同時に顔を上げる。佐藤の部屋は一階だ。

「俺と、吉田さんがリビングにいまーす」

「ごめんなさーい、どっちでもいいからちょっと手伝ってほしいのー。出来れば若いほう」

一体何だろう？　と、首を傾げながら二人は顔を見合わせた。

え？　俺？　と自分を指差した来夏に、吉田は何とも言えない表情で頷く。

「若いほうなら、多分小太刀さんをご所望のようですねえ」

「じゃあちょっと行ってきます。吉田さんすみませんが、お湯見ててもらえますか？」

「勿論…ただし、私は浅井さんの食器は洗いませんからねー」

「はは、了解です」

吉田の皮肉に苦笑いしながら、来夏は佐藤の部屋を訪れた。

一階は他に、神保と遠武の部屋がある。二階の来夏の部屋は、神保の真上の部屋だった。

「佐藤さん、小太刀です」

「開いてるから、どうぞぉ」

ノックと同時に聞こえてきた、佐藤の返事に応じて来夏はドアを開ける。

佐藤は大きな姿見の前で、ドアに背中を向ける格好で立っていた。

そして着ているのは、派手な色のナイトドレスだ。メイクも済んで、髪もまとめている。

「ごめんなさいね、背中のファスナー上げてほしいんだけど」

有無を言わせず自分の背中を指差す佐藤に、遠慮なく近付いた来夏は躊躇することなくファスナーを上げた。佐藤からは、甘い匂いの香水。

「これからお仕事ですか?」

「そう。店からお迎えのタクシーが来てくれるから、仕事着《このかっこう》で行けるから楽よぅ。あー、小太刀さんがいてくれて助かったぁ」

「一人で着るのは大変な服ですね…」

「だから、お手伝いしてくれる人がいない時には着ないわよ」

「なるほど。でも今は男性陣しかいないから、頼みにくいですね」

「あー、私男嫌いだから頼むこと自体は平気よ。男のほうが困るからお願いしないけど。だからこの仕事してるし、ここで暮らせるから」

そう言って佐藤は艶やかな口紅を点《さ》した口元に立てた人差し指をあて、これは秘密の告白なのだと教えてくれた。

手伝いを終えてドアを開くと、またタイミング悪く松本と鉢合わせになる。

「……！」

何故この部屋から？　と言わんばかりの松本に、佐藤は来夏の横で艶然《えんぜん》と微笑《ほほえ》んだ。

「あら、松本さん。どうしたの？　わざわざここまで」

「いえ、別に…」

松本はもの言いたげなまなざしをチラチラ向けるが、言い訳しようもない来夏はそれに気付かないふりをするしかなかった。


翌日も来夏は誰よりも早く起き、四人分の朝食の仕度を済ませる。

また浅井の食器が残されていたが、来夏は気にもせずに片付けた。

四人分のお弁当と一緒に朝食を作り終える頃に佐藤が仕事から戻り、来夏から熱い日本茶を一杯もらってからリビングを後にしている。

それと入れ替わるようにして一番に起きて来たのは、市川だった。

「小太刀さん、おはようございます。今日もいい匂いですね」

「あ、おはようございます。今日は厚焼き卵を入れました。どうぞ」

来夏は昨日洗って返してもらっていた、お弁当箱の入った包みを手渡す。

「厚焼き、甘いですか？」

「蜂蜜《はちみつ》で甘くしてます。蜂蜜、大丈夫ですか？」

市川は自然に浮かぶ笑顔で、来夏からお弁当を受け取った。

「ええ好きです。今日もありがとうございます、お弁当助かります」

テーブルに座ると、来夏のノーパソが書類と共に置かれている。

「求職、厳しいですか？」

「…有難いことに以前の会社のつてもあって、そちらからも何社か声をかけて戴いたので思ったよりは、という感じです」

「それは何よりです。倒産はさすがに嫌ですが、小太刀さんを見ていると俺も何か動いてみようかと思いますよ。今はお弁当が愉しみになりましたけど」

「たいしたものは作れませんが、何かリクエストがあれば言ってください」

「うーん…お弁当じゃないですが、休日にオムライスが食べたいですね。ケチャップで」

「いいですね、それ作りますよ。俺も食べたくなりました」

市川とそんな他愛のない話をしていると、遠武が起きて来た。

出社は皆より遅いはずだが、既にネクタイも締めている。

「おはようございます」

「遠武さんすみません、あとはサラダだけなので、すぐに出来ます」

「まだ時間も早いですよ…よし、私も手伝いましょう」

そう言って遠武もキッチンへ入ってきた。

「ワイシャツ、汚したら大変です」

慌てる来夏に、遠武は笑いながら手を洗う。

「サラダぐらいで汚れたりしないですよ。このレタスをちぎればいいんですね？」

「はい、お願いします」

レタスを遠武に頼み、来夏は彩《いろど》りでサラダに入れるパプリカを用意する。

何を思い出したのか、遠武はサラダボウルにちぎったレタスを入れながら肩を震わせた。

「うーん…私はこれだけでもいいなあ。蜂蜜系のドレッシングにしたら最高なのに」

「？」

どういう意味なのか判らずに来夏が首を傾げると、最後に神保がリビングに来た。

「…遠武さん、何してるんです？」

キッチンにいる遠武に、神保は新聞を片手に驚いた表情を浮かべる。

「小太刀さんのお手伝いです。サラダを…」

テーブルで待ち、手伝いには参加しない市川の言葉に神保は眉を寄せた。

「そう。彼の手伝いだよ。ヘルシーに『レタスだけ《Let us alone》』にしてほしいところ」

海外生活の経験がある遠武が、何故かレタスのところだけ流暢《りゅうちょう》な英語で発音した。

ご機嫌な遠武の言葉に、聞いていた神保が不快も露わな表情を浮かべて呻《うめ》く。

「リビングにいるのは、二人きりじゃないだろう…」

「だからそう言ってるんだよ。蜂蜜ドレッシングで、ハ、ネ、ムーン、サ、ラ、ダもいいねって」

「？」

来夏は何故神保が突然不機嫌になり、逆に遠武のほうは挑発的な口調なのか判らない。

そんな来夏へ遠武はにこりと笑い、レタスばかりのボウルを指差した。

「これに、あとは何を足しますか？」

「あ、パプリカとコーンとサラミと…ここにあるのを適当に入れるつもりでいました」

「じゃあ私がそれをやりましょう。小太刀さんは他のことをしてください」

頷いた来夏は、遠武に作ったのと同じサイズのお弁当をカウンターから取ると新聞を広げていた神保へ差し出す。

「神保さん、これお昼に食べて下さい。味は大丈夫だと思います」

「…俺に？」

「昨日、草むしりを手伝って戴いたお礼です。中は皆さんと同じなので、もし不安だったら他のかたと取り替えてもいいですよ」

来夏には珍しく、ややぶっきらぼうな口調だ。怒っているようにも、見える。

自分の彼女なら拗《す》ねて上目遣いで怒っている状態か、と神保は来夏を見返しながらそんなことを考えてしまう。

来夏は表情がとても豊かな人間だったのだと、神保は初めて知った。

「ここで暮らしているんだから、草むしり程度は当然の作業だ」

その程度では受け取る理由がないとでも言いたげな神保へ、来夏は再度その手に押しつけるようにお弁当を渡す。

「嫌なら、捨てて下さっていいです」

「…」

険《けん》のある雰囲気になってしまった来夏と神保の様子に、先に食事を始めていた市川がわざとのんびりとした口調で仲裁《ちゅうさい》に入る。

「神保さんもコンビニ弁当は飽きたって言っていたじゃないですか。小太刀さんのお弁当、本当に美味しいですよ。わざわざ作って戴いたものだし、遠慮せず受け取られては？」

「市川さん…」

神保が市川から視線を戻すと、来夏はどこか思い詰めたような表情を浮かべていた。

来夏がそんなに弱い人間ではないと知っていても、もしここに誰もいなかったら泣いているのではないかと思わせるような顔だ。儚《はかな》げな、とも違うのだが、それに近い。

そんな彼の表情が、高校時代の来夏を彷彿《ほうふつ》とさせる。

思い出させ、神保の胸を後悔の刃が刺すのだ。

違う、こんな表情をさせたいわけではないのに、神保は巧《うま》く伝えられない。

「では、戴きます。お気遣いさせてすみません」

「…お弁当箱は、洗って返してくださ い」

神保が受け取るのと同時に、来夏は踵《きびす》を返してキッチンへ戻っていく。

「神保さんの朝食もあります。半分はお弁当と同じですけど、一緒にどうぞ」

「…」

テーブルには色違いのランチョンマット。神保の前には彼が好きな、柔らかな若草色。

「…志津香も小太刀さんにお弁当頼んだの？」

「俺は…」

言いかけた神保を遮るように、来夏が遠武に笑顔を向ける。

「お弁当用のおかずを作りすぎてしまって、神保さんにも押しつけてしまいました」

「…。小太刀さんのお弁当なら、二人分でも食べますよ」

「ありがとうございます、遠武さんならそう言ってくださると思ってちょっと多めです」

「それは嬉しいですね、ありがとうございます」

「…」

笑顔で会話をする二人を、神保は見て見ぬふりでご飯を食べ始めた。

…来夏が遠武へと向ける笑顔に、胸が軋《きし》む。

神保は来夏が気になってしまっている自分に苛《いら》つき、そして無自覚で自分を挑発しているような彼へ八つ当たりのような感情を抱いてしまっていた。

遠武は珍しく、神保の隣へと座る。

愉しそうにテーブルへ運ぶ朝食の仕度をしている来夏の後ろ姿を見ながら、遠武は少しだけ体を寄せて隣の神保へと小さく呟く。

「本当は、君がお願いしたの？」

何、とは言わなかったが、それがテーブルの上のお弁当のことだと判るから、神保は不機嫌な顔のまま答える。

「頼んでない」

「ふーん、羨ましいね。私はお願いして作ってもらうようになったのに」

「…」

二人の会話は先に食事を始めていた市川の耳にも聞こえている。だが彼は聞こえないふりをする礼儀《れいぎ》を心得ていた。最初は見知らぬ者同士が暮らしていくシェアハウスでは、人間関係を潤滑《じゅんかつ》に維持《いじ》するための必要な対応《スキル》とも言える。

遠武の皮肉に、神保は眉を寄せたままお弁当を彼の前へとずらした。

「召し上がるなら、どうぞ」

「小太刀さんが君にと作ったものを、私が横取りして食べられるわけがない」

「なら、俺が食べなければいいだけだろ」

「捨てるのは許さないよ」

「…」

神保は無言で遠武の前から自分の傍へお弁当を戻す。

来夏が何故こんな行動を取るのか、神保には理解の範疇《はんちゅう》を超えていた。なまじ生真面目で勤勉なばかりに会社で酷使されすぎて、精神的にも疲れきっている市川に食事を作るのは理解出来る。そして恋人である遠武に作るのも当然だ、だが自分まで供《きょう》される理由が判らない。考えすぎだと言えば、それまでなのだが。

来夏が相手を試すような行為をする人間ではないのは、神保も判っていた。

だが少なくとも遠武はこうして嫉妬《しっと》をしているし、自分も混乱している。

期待してしまおうとする自分の感情を、神保は正直持て余していた。

庭の物置で至近距離の来夏に触れ、頭が真っ白になって口づけしようとした自分が後ろめたく、今朝はまともに顔が見られなかったのに。

平静を装いながらも、お弁当を渡そうとした時の来夏の手は冷たく、緊張していた。

自分の誤解かもしれない、だが来夏に意識されているのだと思うと、その感情に同調して神保もまた必要以上に意識してしまっている。

「…あんな牽制《けんせい》しなくても、俺は何もしないですよ」

それは、神保が自分へ言い聞かせたような言葉だ。

「牽制？」

「サラダ…レタスだけって意味の lettuce alone にかこつけて、let us alone…『俺達だけにして』と言ったじゃないですか。発音はほぼ同じですけど、でも違う」

『レタスだけ』と『私達だけにして』の発音が似ていることから、二人だけになりたい新婚と重ねてレタスだけのサラダを『ハネムーンサラダ』と呼ぶ。

来夏自身がこの比喩《たとえ》に気付いているのかどうかだが、普段と変わらない様子をみると判っていないかもしれない。

「志津香、発音いいね。君がそう思ったのなら、そうかもね。彼は…どうかなあ」

その口ぶりから遠武も気にはなっているようだが、二人とも確認しようがなかった。

神保もそんな遠武に言いかけたが、結局何も言わずにテーブルに出された時にはレタスだけでなく色とりどりの野菜が足されたサラダに箸をのばす。

「…」

一緒に添えられていたドレッシングは、フレンチと蜂蜜の二種類。

意地でも蜂蜜を使いたくなかった神保は、サラダがびしょびしょになるまでフレンチドレッシングをかけてから乱暴に口に運んだ。

神保の席から、楽しそうにキッチンで食後のお茶を用意している来夏が見える。

…真っ直《ます》ぐで、どこか不思議な色あいの来夏の瞳。高校の頃から整った顔立ちで、周囲の人目を惹いていたのを神保は覚えている。だからタチの悪い連中に目をつけられたのだ。

二十歳《はたち》を過ぎて年相応の落ち着きと共に、来夏の持つ柔らかな魅力は学生の頃以上に表に現れて、彼の穏やかな人柄を形成していた。

だからこそ遠武が惹かれるのも当然で、来夏を大事にしようとするのも判る。

そうでなければあの用心深い遠武が、この家に連れてくるはずがないのだ。

来夏からのお弁当は驚きと共に、嬉しさが勝っていた。だがそれは嬉しいと感じてはいけない感情だ。何故なら来夏にはもう、遠武がいるのだから。

来夏は、遠武に向けるような笑顔で微笑んだりしない。

だから来夏の行動は思わせぶりを目的とした態度ではないのだと判るのに、神保の感情がそれを認めるのを拒んでいた。だからこそ、彼の中で来夏の存在が整理出来ないでいる。

「…」

もし昨日、松本が来なかったら。あのままキスをしてしまっていたら。

……来夏はキスに、応じたのだろうか。応じてくれたのだろうか。

訊くことも、再度試すことも出来ない。

ただ来夏に惹かれ、キスがしたかったのだと伝えることも許されないだろう。

誤解だったとは言え、真摯《しんし》な彼の告白を以前踏み躙《にじ》ったのは他でもない自分だ。

だから今朝も神保は、来夏の作った朝食の味をよく覚えていられなかった。


それからの二週間は、慌ただしいながらも穏やかな日々が続いた。

来夏《らいか》を含め八人が暮らすシェアハウスで朝に出勤する会社員は遠武《とおたけ》、神保《じんぼ》、市川《いちかわ》、そして求職中の来夏の四人で住人の半分だ。

残りの半分は自営業の浅井《あさい》、まだ学生の松本《まつもと》と夜からの仕事の佐藤《さとう》。占い師の吉田《よしだ》はいる時といない時があり、その生活スタイルは来夏には謎だった。

出勤組の四人で朝食をとり、彼らを送り出してから来夏の家の手入れが始まる。

手始めにキッチンを片付け、リビングから掃除をしていく。家中の窓を開けて掃除機をかけ、廊下をモップで拭き、洗濯機をまわしながら誰も使っていなければバスルームを掃除する。佐藤が職場から戻ってきてすぐに風呂場を使うついでに掃除をしてくれることが多いので、バスルーム自体は換気だけで済むことが多い。

それから買い物に出かけて、庭の手入れで午前中が過ぎていく。

自分の作ったお弁当を食べながらメールをチェックするためにリビングにいると、起き出してきた佐藤と吉田が姿を見せることがあった。彼らにお茶を淹《い》れ、他愛のない世間話をして午後にまた庭の手入れの続きをして過ごす。

部屋に籠《こ》もりきりの浅井は、来夏がリビングにいない頃を見計らってリビングを使っている。インスタントで済ませている時は何もないが、いつも食器は食べたままだった。

特に酷《ひど》い時はテーブルの上にそのままで、見かねた佐藤が浅井の部屋まで行って文句を言うが、返ってくるのは上の空の生返事ばかりで埒《らち》があかない。

その間に来夏が食器を片付けてしまうので、今度は来夏が佐藤に叱《しか》られてしまう。

「洗ってあげるのが悪いこととは言わないけど、浅井さんを増長《ぞうちょう》させてしまうだけよ！小太刀《こだち》さんはこの家のハウスキーパーじゃないんだから！」

「でもまあ、嫌じゃないですし。自分でやりたくなったらやると思いますよ」

来夏はそう言って笑って佐藤の怒りをやり過ごしながら、ジャーに残ったご飯でおにぎりを握り、ラップをかけてテーブルに残しておく。

サラリーマン組にお弁当を作るようになってすぐ、卓上にお弁当貯金がされるようになった。話しあいでお弁当は一食七百円に設定され、市川が職場からもらってきたというノベルティの貯金箱に思い思いにお弁当代が支払われている。

それでは高いと来夏は申し出たが朝食代も含まれるのだと遠武にやんわりと退《しりぞ》けられ、来夏はこの貯金箱から翌日の朝食とお弁当の食材を買っていた。買い物をした分は貯金箱の下に敷いたノートに収支の明細と共にレシートが全て貼られている。

貯金箱には、いつも必要以上の金額…一万円札などが入れられていた。

その収支も来夏は明記し、きちんとノートに残している。

有難いことに、数日おきに大家から野菜の差し入れが届く。来夏が住人の朝ご飯を作っていると知り、自分で耕《たがや》している畑から好意的にお裾《すそ》分《わ》けしてくれるようになったからだ。

リビングへ戻ってくると、テーブルにあったおにぎりはなくなっている。

佐藤や吉田、稀《まれ》に松本が食べている。食べた者はメモで走り書きを残していた。

…浅井も食べているが、彼はメモを残さなかった。勝手に食べて、そのままだ。

来夏が浅井と会ったのは歓迎会の時以来、恐らくは誰よりもこの家で過ごしている時間が多いはずなのに個人的には一度も顔を合わせていない。

同じように松本とも、来夏は顔を合わせることは殆《ほとん》どなかった。

帰宅時間が皆異なるため、さすがに夕食は一人で過ごす。そんな時、吉田がよく一緒に食べてくれた。

「だって、小太刀さんのご飯美味《おい》しいですからねえ」

吉田は朝食組ではないので金銭を支払うことはしないが、代わりに多めに買ってきたからという名目で、食材やデパ地下でのお総菜《そうざい》を提供してくれた。朝食を除けば、来夏はこの家で吉田が一番一緒に食事をしている。

週末を控えた今夜も、そんな夕食時だった。

「本格的に勉強しているわけではないので、俺が作るのは本当に家庭料理レベルですよ」

「いや、その家庭料理だからこそ美味しいんですよ。お金を出しても食べられるものではないですからねー。かといって居酒屋で食べたいほどでもなく」

「うーん、そういうものですかね。俺はあまり、自炊《じすい》の苦労は感じないです」

「男でこれだけ作れるのなら、苦労はないですよ。まだ嫁に行かないんですかー？」

「あはは、なかなかご縁がなくて」

「おや、選《え》り好みするタイプには思えませんが。それで新しい職場も決められない？　いくつかいいお返事があったご様子ですが」

「いや…えーと」

吉田の指摘に困り、来夏は笑って誤魔化《ごまか》すふうでもなく小さく息をついた。

自分から就職活動するよりも多く、倒産を知ったいくつかの取引先から声がかかっていた。そのどこも来夏には十分以上の雇用条件をもらっていたが、全て保留にしている。

「会社はもちろん勤めるつもりですが、今は…この家の手入れが楽しくて。庭の裏手には、小さいですが畑もあるし。せっかくだから何か育ててみたいとも思うし…一旦保留させてもらっています。現実逃避とは思うんですが」

「ふむ…少しくらいなら、のんびりしてもいいとは思いますよー。もしこのままこの家が気に入って暮らすことにすると、声をかけてもらっている企業は通勤にちょっと遠いとか？」

吉田の言う通りだから、来夏はご飯を食べながら素直に認めるしかない。

「…です」

ここはとても、暮らしやすい家だった。朝食程度のことだが誰かの役に立っていると実感出来るし、生活させてくれている大家に対しても感謝の気持ちを伝えきれていない。

…神保とは、あれから何もない。いつもお弁当は綺麗《きれい》に洗われて戻って来るが、他の二人と違って彼からは一言の感想をもらうわけでもなかった。

最初から感想や感謝の言葉を期待しているわけではないので気が楽だが、言ってもらえれば作り手として嬉《うれ》しいし、出来れば美味しく食べてほしいとも思う。

いまだに神保の好き嫌いすら判《わか》らないのは、少し残念だった。

だがこんなことを期待すること自体、勘違いだと来夏は自覚している。お弁当は神保が望んだものではない、どさくさに紛れて半分強制的に食べてもらっているようなものだ。

自分は市川と…遠武が喜んでくれさえすればいいのだと、判っている。

だけど来夏は、神保が気になってしかたがなかった。どんなささやかなことでもいいから、彼にアクションをとってしまいたくなる。…神保からの反応を、望んでしまう。

「このまま小太刀さんが住人になってしまえばいいのになーと思ってますがねー」

「実は俺もです」

しかしオファーのある企業に勤めるとなると、ここからでは若干条件が厳しくなる。通えないわけではないが、これまでのような家の手入れは出来ないだろう。かといってここで暮らしたいとなれば、条件に見合う就職先を別に探さなければならなかった。

遠武が連れてきてくれた家でもあるし、厚意に報《むく》いるだけの恩返しもしたい。就職もしなくてはならないし、実際はどこでもいいのだが、声をかけてくれている企業に対して出来る限り礼を尽くす必要もあるだろう。

来夏の希望としなければならないことが、どれも巧《うま》く噛《か》みあっていないのが現状だ。

話を聞いていた吉田からの提案《ていあん》は、意外な相手だった。

「うーん…それなら、神保さんに相談されてみては？」

「神保さん？　遠武さんではなく？」

「遠武さんだと、恩や義理やその他？　が微妙《びみょう》に絡《から》みあって、かえって訊《き》きにくいかとー。遠武さんのことだからきっと親身になってくれて、彼からの最善と思われる提案が小太刀さんの本意ではなかった場合、断りにくくなりません？　それこそ義理人情的にね」

「…！」

「だったら業種は違うけど、同じサラリーマンで年齢が同じ神保さんに相談されたほうが別の打開案《だかいあん》が出るかもって思ったんですけど。市川さんでもいいですが、むしろ今勤めてる会社を辞《や》めちゃう後押ししてしまいそうで…あ、彼の場合それでもいいかもですねー」

「神保さん、俺の相談相手になってくれるかな…」

思わず小さく呟《つぶや》いた来夏に、吉田は深く頷《うなず》いた。

「小太刀さんが思っているより、ずっとずっといい人ですよ、彼。遠武さんとは別のタイプでなんでもそつなくこなしているようですけど、本当はとても不器用なだけですから」

「…不器用、ですか」

吉田の口から神保の話を聞くと、なんだか不思議な気持ちになる。

そして神保が不器用、というのもまた意外だった。

玄関から誰かが帰宅する音が聞こえ、会社から戻ってきた遠武が顔を出す。

「ただいま」

その姿に来夏はぴょん、と跳ねるように席を立ち出迎える。

「遠武さん、おかえりなさい。今夜は早いですね」

「今夜は会議続きで、疲れたので。今日もありがとうございました」

そう言って鞄《かばん》からお弁当箱を出す遠武は、本当に疲れているようだった。

「それから…すみません、明日はお弁当はいりません」

「…？　はい」

どうしたのだろうと綺麗に洗われたお弁当箱を受け取りながら、来夏は遠武を見上げる。

「…」

遠武もまた、そんな来夏をじっと見つめた。ひどくもの言いたげな、遠武のまなざし。

「遠武さん？」

だから心配になって問いかけた来夏へ、遠武は何かをふっきるように小さく首をふる。

「すみません…本当に疲れているみたいです。小太刀さんの顔を見たら、ちょっとほっとしました。明日所用で自宅に戻るので、それでお弁当がいらないんです。…行っても、もしかしたら明日中に帰って来られないかもしれませんので」

「そうなんですね、判りました。せっかくご実家に帰られるのでしたら、ゆっくりされてもいいと思います。それに俺の顔でよければいくらでも。今、お茶を淹れますよ」

「いや、大丈夫です。ちょっと急ぎで連絡をしなければならない所があるので、部屋に戻ります。小太刀さんは食事を続けてください」

遠武はそう言って、珍しく足早にリビングを後にしてしまう。

「遠武さん、どうしたんだろう…」

「まあ、本人からその理由を教えてもらわないと判らないですし―」

いつもと明らかに様子が違う遠武を心配する来夏に、食事を続けていた吉田が気のない返事をした。


来夏達が食事を終えて部屋に戻ってから、神保が仕事から帰ってきた。

リビングでは珍しく家にいる松本が、ソファのクッションを抱えてテレビを観ている。

「神保さん、おかえりなさい。遠武さんからの伝言で、帰って来たら部屋に来てほしいと」

「遠武さんが？」

松本からの伝言に、神保は私用のスマホを開く。彼からのメッセージは残っていない。

遠武がこんなふうに伝言を頼んでまで神保を呼び出すなど、余程のことだ。

リビングへ来たばかりだったが、神保はその足で遠武の部屋に向かう。

ノックをするとすぐに部屋にいる遠武から返事があった。

「開いてるよ、どうぞ」

ドアを開けると、酷く憔悴《しょうすい》した遠武が紫煙を昇らせてデスクチェアに体を預けている。

「煙草《たばこ》、珍しいですね」

「ホントは酒飲んで、何もかも全部なかったことにしたいくらいだ」

「どうしたんです？」

神保の問いに、遠武は火をつけたばかりの煙草を灰皿で揉《も》み消す。

「週末に実家に呼び出された。多分、見合いの話だ」

「見合い？　女性とですか？」

思わず出た神保の言葉に、遠武は唇を歪《ゆが》めた。

「男と見合いするわけにはいかないだろう。相手は父の取引先のお嬢《じょう》さんだそうだ」

「小太刀…さんのことは、どうするつもりなんですか？」

つい高校時代にそうしていたように、来夏の名前を呼び捨てしそうになる。

遠武もまた、自分と来夏がクラスメイトだったことは知らないのだ。

「…」

考え込む遠武は、無言のまま自分の口元に手を遣《や》る。

「遠武さん」

焦《じ》れた神保に再度問われるが、返事をしたくても遠武には答えられなかった。

「…断るわけにはいかない」

「どうして…自分には、好きな相手が…つきあっている人がいると伝えても」

「相手は誰なのかと信用調査会社でも使って調べられたら、嫌な思いをするのは彼のほうだ。彼との関係を知られたら、家に呼び戻されてここにも住めなくなる」

遠武はもちろん、自分の性的指向を家族には秘密にしていた。

神保は、遠武が親思いの人間であることを知っている。

だからこそ女性を愛せない自分に思い悩んで実家で暮らせなくなったために、こうしてシェアハウスで暮らしていたのだ。

彼の性的指向について知ったのは偶然だが、今ではお互いがこのシェアハウスで唯一の相談者であり理解者でもあった。

男性の恋人がいたことは過去にないが、遠武と同類だったことは神保も自覚している。

「見合いなら、価値観の相違《そうい》があったとでも理由を付けて断ることも出来るでしょう」

苛立《いらだ》ちを含む神保の提案に、遠武は力なく首を振った。

「親同士で整えた話だ。会ってしまったらもう、断れない。見合いとは名ばかりだね」

言えるわけが、なかった。

跡取り息子である遠武にとって結婚は避け難い義務であり、それを拒めるほど自分勝手な男でもないのだ。こんな時は、彼の責任感の強さが徒《あだ》になってしまっている。

「それで、どうするんです」

「…どうしたらいいのかな」

本当にどうしたらいいのか判らない遠武の様子に、神保は続けた。

「それで俺をここに呼んだんですか」

「誰かに聞いてもらいたかったんだよ」

「一緒に暮らすのに小太刀さんをここへ連れてきて、結婚するからって捨てるのか？」

「違う…！　親を捨てられたらどんなにか…だがそんな勝手は俺には出来ない」

捨てるほうの選択が親という遠武の言葉に、神保は顔を上げて見つめた。

「親のために自分を殺して、相手を騙《だま》して…それがいいこととは俺は思えない」

「志津香《しづか》」

「だけど、俺達はもう子供じゃないから遠武さんの言う言葉も、小太刀を選べない意味も、判る。だから苦しむ遠武さんの気持ちも理解出来る」

遠武は頷きながら、深く息を吐き出す。溜息《ためいき》と言うには、あまりに重い。

「君にそう言ってもらえるだけで、俺は救われている。日本《この国》は、俺達のような性マイノリティにはあまりに息苦しいよ。勿論《もちろん》どこの国でも差別は必ずあるんだが、それでも」

「留学経験者ならではの言葉ですね。…いっそあいつを連れて、海外へ行くとか」

「…」

神保の提案に、遠武は困ったようなまなざしで見つめ返すばかりだ。

それが出来たら…そんな言葉が聞こえてくるような雄弁《ゆうべん》なまなざしだった。

「…誰かを犠牲《ぎせい》にして悲しませて、自分だけ幸福になれると思う？」

「自分の幸福を犠牲にして、周囲も幸福だと思うか？」

返した神保に、遠武も負けなかった。

「俺のこの気持ちは、間違っている」

「自分の心が相手を求めているならそれは嘘じゃないし、間違いじゃない。自分の気持ちは、嘘がつけない」

押し殺した神保の言葉に、遠武は初めて笑う。だが身喰《みぐ》いするような、笑みだ。

「嘘がつけない、ね…だが、相手も犠牲にしてしまう」

「…小太刀なら、遠武さんを受けとめたんじゃないのか。だから連れてきたんだろう？」

「…っ」

「小太刀は遠武さんが一方的に護《まも》るだけの、か弱い相手なのか？」

遠武は声を絞り出す。声を出すこと自体、苦痛に感じているかのように。

「違う」

「しあわせに出来ないからと、取らせた手を自分から手放すのか？」

「手放したくないから、こうして悩んでいるんだ。だが、俺は家も見捨てられない。自分を取り巻いている社会を、世間体を気にせず生きられるほど…強くもない」

「…」

「だがそれが彼に対する愛情の深さではないことは、君にも判るだろう？」

神保は目を伏せ、そしてゆっくりと目を開ける。

「あぁ」

自分の苦しみを自分のことのように理解してくれるだけでも、遠武には救いだった。

それでも、自分の立場から逃れることも苦しみが軽くなるわけでもないのだ。

親のことを思うなら、見合いの話を進めるしかない。

だが同時にそれは、想いを寄せる来夏の手を離してしまうことになる。

「これまで自分を殺して、世間だけ騙せていればよかった。なのにこれからは親と、妻となる人も騙し続けなければならないのか。…苦しいな。まるで水の中で溺《おぼ》れているようだ」

「…自分の気持ちも騙しているだろ」

「そうだな、物凄《ものすご》い大悪党になってしまった気分。俺がどれだけ悪いことしたんだろうな…ただ彼を好きなだけなのに。それも、罪なのかとね」

「…」

傷ついて悩む遠武の問いに、神保は彼を慰められるだけの言葉が浮かばなかった。


「…?」

来夏が入浴を終えてリビングへ戻ると、ソファに座る一人の姿が見えた。

何か考え込んでいるのか、電源の入っていないテレビをじっと見つめている。

上着は脱いでいるが、まだスーツ姿のままだ。

「神保さん？」

来夏の呼びかけに、神保はのろのろと顔を向ける。

「…」

そして何か言いかけ、軽く頭を振りながら立ち上がった。

「…風呂、終わったんですか。…どうか、したんですか？」

「はい、先に戴《いただ》きました」

訊いたのは、なんとなくだった。

立ち上がった神保は、風呂上がりでラフな格好をした濡《ぬ》れ髪の来夏をじっと見つめる。

そんな神保を、来夏もまた不思議そうに見上げた。

「…どうかしたのは、俺じゃない」

「え？」

「いや…俺も風呂、入ってきますね」

それはどういう意味なのか訊こうとした来夏に、神保は手を上げてそれ以上何も言わずに立ち去ってしまう。

「…俺じゃない？」

だが声をかける前に見た神保の横顔は、思い詰めて何か考え込んでいるようだった。

「…」

神保じゃなければ、誰がどうかしたというのだろうか。

自分の部屋へ戻って髪も乾かさずにベッドへ腰かけた来夏は、ようやく見慣れてきた天井を仰ぐ。綺麗な木目の天井だ。

会社が倒産して、ここで暮らせるようになったのも…。

「…遠武さん？」

しばらく考え込んでいた来夏は立ち上がると、一階へ再び降りた。

「…あ」

リビングへ降りると、浅井がカウンターで食事を始めたところだった。

「こんばんは」

「…どうも」

来夏と目が合うと気まずそうに顎《あご》だけで会釈し、再び食事に戻る。

「俺が洗いますから、食べたら置いたままでかまわないですよ」

「…っ！」

そう言った来夏の言葉に浅井の手が止まった。

「…それ、俺に対する嫌味ですか？」

「違いますよ」

本当に違うので、来夏の返答は簡単だ。

「この家に居候《いそうろう》しているから、せめてもの家政婦？」

「まあ、それでもいいです。自分が使ったものを自分で片付けなければ、他の誰かが片付けているだけで…俺はそのことに苦じゃないって程度です」

「苦じゃないけど、実際はやらされてるワケだろ？　よく平気で出来ますねえ」

自分が食べたまま、散らかしたままを棚に上げる浅井の言葉に来夏は動じなかった。

家賃にしても先日遠武に頼んで大家に算出してもらい、生活している分は共同の光熱費を含めて支払いを済ませている。だがそれをわざわざ言う必要はない。

「んー…誰かがそこを使いたい時にそのままだったら嫌かな、と思って」

浅井は改めて来夏へ向き直る。

整った顔立ちはやや中性的なイメージがあっても二十代前半の、ごく普通の風呂上がりの青年だ。痩身《そうしん》だが痩《や》せぎすというわけでもないし、身長も平均くらいだろう。

浅井はノーマルな性指向だが、そんな彼が見ても来夏は不思議に惹《ひ》かれる。

「あの、さー。それって結局小太刀さんが『俺がやってあげてますよ』的な意味だろ？」

「的な意味、ではなくて本当に洗ってますけど。…あー、もしかしてわざと洗わないでいて、特定の誰かとのコミュニケーションツールにするつもりだったら、すみません」

「違う、そんなわけあるかよ…俺は…」

「お仕事で手首を痛めているなら、俺が洗いますから気にしないで下さいって意味です」

「…！」

指摘され、浅井は咄嗟《とっさ》に湿布《しっぷ》が貼られた利き手を反対側の手で隠す。

「執筆業をなさっているんですよね。…時々ですが、庭の手入れをしていると仕事先さんと電話のやりとりも聞こえます。最初はお箸を使われていたけど、今は痛くて握るのもやっとじゃないんですか？　腱鞘炎《けんしょうえん》なら、ただ摑《つか》むことも苦痛です」

「どうしてそれを…」

「いつも湿布薬の匂いがしてましたから。職種は違いますけど、兄弟同然で育った家の年上の従姉《いとこ》がやっぱりそんなふうに手首を痛めて辛《つら》そうだったのを知ってるので。…無理は、駄目です。食事を作るのも大変なら、一緒に作りますよ。別の時間に食べてもいいので」

「それは、遠慮する。これでも俺は、遠慮深いんだ」

来夏の申し出を、浅井は嫌味で返した。

社交辞令で言ったわけではないが、来夏もそれ以上は深く食い下がることはしない。

善意からの言葉であっても、どう受け止めるかは相手次第なのだ。

遠武が来夏を高く評価している部分に、彼のこの絶妙な対人距離の巧さがあった。

遠いと思わせるほど距離を置くわけでもなく、馴《な》れ馴《な》れしいと感じさせるほど近付かない。

踏み込み過ぎることなく、引き際も心得て嫌味がない。

だから相手がつい許して、自分の対人距離《パーソナルスペース》の中へと来夏を招いてしまう。

それでも来夏は土足で踏み込んでくる不躾《ぶしつけ》さがないのだ。

常に相手にとって心地《ここち》好い距離を、自然に維持してくれる。

「皆さんから食費ももらっているので、食べたくなったらいつでも言ってください。ただ言うほど料理は上手じゃないですけど、インスタントばかりよりはましです」

食事の邪魔をしてはいけないと、それだけを言ってリビングを出ようとした来夏の背に浅井の言葉がかけられた。

「…そうだ。ひとつ、お願いしてもいいか。俺宛の荷物が届く予定なんだ。もし俺がリビングにいなかったら、その荷物を受け取っておいてくれないか。このテーブルに置いておいてくれればいいから」

「いいですよ、判りました」

あっさりと承諾した来夏に、頼んだほうの浅井が不機嫌そうな表情を浮かべる。

「…あんたさあ、本格的にこの家の家政婦になるつもりなのか？」

「まさか。荷物を受け取るくらい、子供でも出来ます。それに家政婦がいたら、ここがシェアハウスである意味がなくなってしまいますよ。…もしかしたら、いいシェアハウスではそういうサービスもあるかもしれませんが…俺は知りません」

「じゃあとっとと仕事見つければ」

「そうします」

「嫌味だ、つの。素直に返されたら皮肉だろ」

「本当のことですよ」

そう言って来夏がリビングを後にすると、浅井は痛む手首でフォークを握り直し、味気のないインスタントの焼きそばの続きを食べ始めた。

神保が俺じゃない、というのなら他の誰かだ。

来夏にそう告げるのなら、相手は一人しかいない。

リビングを出て真《ま》っ直《す》ぐに遠武の部屋に向かったが、ノックをしても室内から返事がない。時計は見ていないが、まだ日付が変わるほどの遅い時間ではないはずだ。

「遠武さんが帰って来た時に、もっと話をすればよかったかな」

確かに、少しだけ違和感はあった。だが遠武は来夏がその違和感を訊《たず》ねることを、やんわりと拒んでいた…ような気がする。

家族なら…もっと近しい相手なら、気付かないふりをしてわざと踏み込んで訊《き》いたかもしれない。判っていても、来夏には遠武に対しそうすることが出来なかった。

「…ここは、遠武さんの家だ。機嫌がいい時もあれば、そうでない時もあるだろうし」

知りあいだからこそ見せたくない、見られたくない部分もあるはずだ。

自分が年下ということもある、だがそれ以上に本来自分に見せる必要のない彼のテリトリーにいてしまっている、という自覚がある来夏には無遠慮な行為に対して抵抗があった。

それでも神保の様子が気になって、ここまで来てしまったのだが。

神保を捕まえて改めて理由を訊こうと思っても、彼はもうリビングにいなかった。浅井が一人で食事が出来るように、入れ違いに自分の部屋に戻ったのだろう。

「遠武さんもう、おやすみになったのかな…」

今夜は寝てしまっているのなら、自分のノックで起こしてしまいたくない。

もし明日も様子が違うようだったら、訊いてみよう。

来夏はそう決め、自分の部屋に戻る前に髪を乾かそうとパウダールームに向かった。

「…あ」

部屋に行く時にこの前を通ったはずだが、遠武がいたことに気付かなかったらしい。

「小太刀さん」

そこには歯を磨き終えたばかりの、遠武がいた。

声にはまるで覇気がない、まるで別人のようにも聞こえる。

「遠武さん、こちらにいらしたんですか。気がつかなかった」

「もしかして…俺の部屋に？」

来夏は少し考えてから、頷く。

「夜遅いし、ご迷惑かと思ったんですが。気になって」

「まさか。嬉しいですよ、小太刀さんはこんなふうに訪れてくれることがないので」

「うーん…遠慮していたわけじゃないんですけど」

本当は、遠慮があった。個室は、遠武のもっとも個人的なテリトリーになる。

そんな来夏の気持ちを汲《く》んだのか、遠武はやっといつもの通りの笑顔で微笑《ほほえ》んだ。

「判ってます。…リビングで、少し一緒に飲みますか？」

「でももう、おやすみするつもりだったのでは」

「どうしようか考えていて、とりあえず歯を磨いただけで…」

言葉途中で、ふいに遠武が黙り込んでしまう。

「？」

心配した来夏が改めて顔を上げると、遠武が酷くもの言いたげなまなざしで見つめていた。

遠武は何かを決意するように一度自分の手を握り締め、そして緩める。

「小太刀さん…ひとつお願いを聞いてください」

「…」

「あなたを、今ここで抱き締めてもいいですか」

「遠武さん？」

自分を見つめる遠武の目はどこか思い詰めていて、来夏は名前を呼ぶ以上の言葉が出てこなかった。だから来夏は頰《ほお》を朱色《しゅいろ》に染め、俯《うつむ》く。

「俺、抱き心地あまりよくないです…よ？」

「かまいません」

「遠…」

来夏はそのまま、腕をのばした遠武に強く抱き締められる。

独立したパウダールームで二人きりとは言え、いつ誰が来るか判らない場所で彼がこんな大胆《だいたん》な行為に出たのは、出会ってからこれが初めてだった。

さらに抱き締める腕を強めながら、肩口に顔を埋《うず》める遠武が絞り出すように囁《ささや》く。

「…小太刀さん、俺はあなたが好きです」

だがその声は泣きじゃくる子供のようで、来夏の胸が強く軋《きし》む。

遠武が傷つき、弱っているのが抱き締める腕から伝わってくる。

精神的にも強い彼に、一体何があったのか。

「…っ」

だから来夏は何度も躊躇《ちゅうちょ》してから、空いていた両手をぎこちなく遠武の背へと回した。

遠慮がちな背中から伝わってくる来夏の腕のぬくもりに、遠武はもっと強く彼へと縋《すが》る。

「初めてあった時から、ずっとです」

「遠武さん」

こんなふうに人目も憚《はばか》らず弱っている遠武の姿を見るのも、初めてだ。

だから抱き締め返すしか、出来なかった。

自分が抱き締めることで、少しでも遠武を慰めたかったからだ。

「すみません、こんなふうに甘えてしまって。だけど私は、あなたに慰められたい」

「遠武さん…」

来夏が歯を食いしばっても嗚咽《おえつ》が零《こぼ》れ出てしまう程辛い時、傍《そば》にいて励ましてくれたのは遠武だった。その時に救われた感謝の気持ちを、来夏は今でも忘れていない。

抱き締めていた腕の力が、緊張で一瞬強くなる。

「もし…小太刀さんに許されるなら。今夜私の部屋に、来てくれませんか」

「…！　遠武さ…」

いくら経験値が低い来夏でも、それが何を意味している言葉なのか理解出来た。

だが来夏がそれに対して返事をするよりも早く、開いたままだったパウダールームのドアがノックされる。

「住人同士も含め、部屋での性行為は厳禁《げんきん》」

「！　神保…！　さん…」

聞こえてきたノックの音に身動《みじろ》ぎする来夏を、遠武は抱き締めたまま離さない。

「この家の中でなければいいんだろう？」

「…」

やっと腕の力を緩めた遠武の言葉に、神保は小さく眉を寄せた。

「珍しいね、普段スマートな君が、こんな出歯亀《でばがめ》みたいな野暮《やぼ》をするなんて」

「遠武さん」

来夏は体を離そうとするが、遠武は彼の腕をやんわりと摑んだままだ。

「…規約《きやく》、です。咎《とが》められたくなかったら、見えないようにドアくらい閉めてください」

「黙って通り過ぎてくれればよかったのに」

「見えたんだから、言いますよ」

来夏はいたたまれなさと申し訳なさで、遠武の腕の中でこれ以上ないほど紅潮する。

遠武と抱き締めあっていたのを、神保に見られた。

そのことが、酷く来夏を動揺させている。だが何故《なぜ》自分がこれほど動揺しているのか、来夏自身理解出来なかった。

「神保さん、すみません俺が…」

「小太刀さんが悪いわけじゃない、私が彼を求めたんだ」

「遠武さん」

来夏の言葉を遮った遠武を見ると、彼は真っ直ぐ神保を見つめていた。

神保もまた、遠武から視線を外そうとしない。

自分を護るように立っていた遠武の腕を、来夏は解《ほど》いて前へ出た。

「神保さん、すみません俺の不注意です。軽はずみなことをしました」

「小太刀さん…！」

二人の間の緊張感に耐えきれなくなった来夏の言葉に、神保がもっと険《けわ》しい表情になる。

「軽はずみで、あんなことを？」

「…」

「神保…先に抱き締めたのは、私だ。彼は」

「応じたのは俺です、同じです。申し訳ありません」

来夏は神保と、そして遠武に何も言わせないタイミングで再度そう告げると頭を下げた。

「すみません、おやすみなさい…！」

早口で続けると、そのまま神保の横を通り過ぎようとする。

「小太刀…っ」

「…っ」

思わずのばした神保の手を、来夏はやんわりと遠のくことで退けた。

再び神保と目が合う。

違うんだ、と言おうとした自分の口元を慌てて拭《ぬぐ》うように押さえ、来夏は再び口を開く。

「俺、恥ずかしくて、ここにいられないんです。…察してください。俺はもう、二度と同じ想いはしたくない」

「…！」

来夏の言葉に、神保は息を吸い込む。あの最悪の思い出が、瞬時に蘇《よみがえ》る。

それだけを言い置いて、今度こそパウダールームを後にする来夏を神保は追えなかった。

「小太刀さん…！」

だが来夏のその言葉の意味を知らない遠武は後を追おうとする。

「駄目だ、遠武さん」

神保は咄嗟に遠武を引き留めた。

「神保？　腕を離してくれ。俺は…。そんなに俺達の邪魔をしたいのか？」

「そう、かもしれない」

「神保」

だが今遠武を引き留めて、何になるというのか。そんな言葉が神保の脳裏を過《よ》ぎる。

「俺達は愛しあっている…恋人同士だ。恋人を招き入れるのは規則違反じゃないだろう？」

「…」

神保は手を離し、来夏の後を追う遠武を無言で見送るしかなかった。

「…最悪だ」

文字通り部屋へ逃げ帰った来夏が倒れ込むようにベッドへ突っ伏して、最初に零れ出た言葉だった。だが何が最悪なのか自問自答して、嫌悪感に眉を寄せる。

「タイミングが悪すぎる。…よりにもよって、また神保…さんに見られた」

高校時代は彼を呼び捨てにしていた、だが今はさんをつけて呼んでいる。さんをつけて呼ぶのは、まるで別人のように感じてしまう。

「時間が経過しているんだから、ある意味別人と同じだろうけど。あー、もう…なんで」

どうして自分は神保に違うと否定したかったのか。

「俺は全く変わってないって…あの人に思われてるだろうなあ」

放課後クラスメイトに呼び出され、つきあってほしいと告白された。

もちろんそんなつもりはなかった来夏は断り、諦《あきら》める代わりにハグをさせてくれと有無を言わさず抱きつかれてしまったところを神保に見られたのだ。

…そして相手は諦めるどころか、来夏に対し陰湿な嫌がらせを学校でするようになった。

「でも今夜は合意の上…だ」

来夏はごろりとベッドの上で仰向《あおむ》けになると、自分の手のひらを見つめる。

『私の部屋に』

あの時もし神保がノックしなかったら、自分はどう返事をしたのだろうか。

神保が現れたことで、正直安堵《あんど》しなかったか？　ぐるぐるまわって思考がまとまらない。

自分が明らかに動揺しているのが、自覚出来る。

「すみません、遠武さん…」

来夏はここにはいない遠武に小さく詫《わ》び、現実逃避のように布団を頭から被《かぶ》った。

それを見計らったように、ドアがノックされる。

「…っ」

来夏は一瞬体を起こしかけ、だがすぐに思いとどまった。

相手は、遠武だろうか。だとしたら、どんな顔で会えばいいのか判らない。

万に一つの可能性もないが、それが神保でも同じだ。他の住人が来夏の部屋を訪れたことはないので、二人以外考えにくい。

来夏は普段から部屋の鍵をかけていないので、ドアノブを押せば扉はすぐに開く。

ずるいと思いながらも、来夏はドアが開けられるのを待ってしまう。

だが扉の向こうのノックの主はドアノブに手をかけることもなく、来夏の在室を問うこともしないでそのまま部屋を後にしてしまった。

…これが、これから先の彼らの運命を大きく分けることになるとは、三人思いもよらず。

「…誰だったんだろう」

気になるなら出ればよかったと判っているのに、来夏は体が動かなかった。

自己嫌悪で、気持ちが沈む。遠武に応じたのは自分で、後悔はしていない。そして抱き締め返したのは、自分だ。彼から受けたものをまだ、来夏は何一つ返せていない。遠武が弱っているのなら励ましたいし、抱き締めることで少しでも元気づけられるならそうしたかった。それだけのことを、遠武はかつての自分にしてくれている。

「…当然の、ことだ」

では、神保は？　彼に見られて、何故自分はこんなに落ち着かない気持ちでいるのか。後ろめたいことなど、何もしてない。不本意な気持ちで、遠武を抱き締め返したわけではないのだ。なのに、神保に対して後ろめたさを感じてしまっている。

「あー…それで最悪か。考えるまでもなかった、最低なのは俺だ」

ようやく思い至り、来夏は改めて頭を抱えた。

もし自分がここにいることで、彼らの間に不必要な摩擦《まさつ》が起きてしまったら詫びようがなくなってしまう。自分はここではまだ余所者《よそもの》で、先住者達の平穏な生活を不快にさせてしまう権利など、カケラもないのだ。

「駄目だなあ」

結局神保にはまたいい顔をしたいだけだったのではないのか？　来夏は布団の中に潜り込んだまま深く溜息を吐き出すしか出来なかった。

「…？」

深夜その気配に気付いたのは、来夏だけだった。

自己嫌悪のままそれでもいつの間にか、眠ってしまったらしい。部屋の灯《あか》りがついたままで目が覚めた来夏は体を起こし、耳を澄ました。

ここでの生活を始めてから知ったが、個室部分は特に防音効果が高い。各部屋からの物音など、まるで人が生活していないように殆ど聞こえてこないのだ。

時計を見ると、深夜の二時過ぎ。気配があったのは、上の階だ。

「上は…吉田さんと、松本さん」

吉田は今夜は帰って来ないと言っていたはずだ。松本は大学の後は深夜までアルバイトを入れていることが多い。芸能活動中の彼は、時間も不規則だった。

では吉田が帰ってきたのだろうか。

「うーん…どうしようかな」

だがこんな時の勘は、来夏は外れたことがない。気になった来夏はベッドから離れて部屋を出ると、真っ直ぐ三階へ向かった。

三階の廊下の照明は消えているが、階段は明るい。

階段を上りきったところに、しゃがみ込んで突っ伏している松本の姿が見えた。

「松本さん？　大丈夫ですか？　どこか、具合悪いんですか？」

「っ…！　あ…」

背後からの来夏の声に、松本は驚いて顔をはね上げる。

「なんで…、小太刀さんが…」

泣きはらした顔と、着乱れた服装。一体何があったのか、来夏にも容易に想像がつく。

来夏は松本を刺激しないように、静かに屈《かが》み込む。

「物音がしたので。…大丈夫ですか、部屋まで帰れますか？」

「…っ、余計な、お世話だ…！　あんた、俺のことバカにしに、来たんだろう⁉」

「そんなことはしないし、する必要もないです。風呂に入るなら、今なら誰も使っていません。新しいお湯がいいなら、入れ替えてきます…少し、待てますか？」

来夏の声は静かで、いたわりだけだった。だが自分が惨《みじ》めでいる松本には、それがかえって辛く感じてしまう。惨めな気持ちが怒りとなって、来夏にぶつけられた。

「偽善者《ぎぜんしゃ》ぶるなよ…！　本当は自分を売るために枕営業大変ですね、くらいの皮肉言いたいんだろう⁉　男なのに、男相手に股開いて体売らないと、仕事がもらえない奴かって、内心バカにしてるんだろう！」

「…していません」

感情が昂《たか》ぶっての松本の言葉だと判るから、来夏は刺激しないようにそれ以上言わない。

「あんたはいいよな、会社が倒産してもすぐに住むところが見つかって、仕事も選んで断らなければならないくらい届いて、ひっきりなしにケータイへ電話もあって…！　カワイソウな俺を慰めるフリをして、わざわざこうして嘲笑《あざわら》いに来たんだろう！」

「違います」

「あんたは平気かもしれないけど、俺は…っ！」

聞くに憚《はばか》られる汚い言葉をぶつけられても、来夏は冷静だった。

「俺はあなたを笑ったり、しない」

はだけた自分のシャツを握り締めている松本の手は震えっぱなしだ。寒気でなければ、低血糖状態が震えとパニックを生んでいる可能性もある。

松本の前で膝をつき、怯《おび》えさせないように手をのばす。

びくり、と怯えるように体を強張《こわば》らせた松本の、シャツを握る手に触れた。

「…仕事だから、こうするしかないと思ってされたことでも。辛くてたまらないことは、あります。松本さんが同性愛者じゃないのに体を預けるしかなかったのなら、尚更です」

「…！」

「不本意で体を預けることは己の自尊心を踏《ふ》み躙《にじ》られたに等しい。俺は、あなたの言うとおりの人間だけど、それは判る。松本さんを、バカにすることはしません。けして。もし今夜が初めてのことだったら、とても辛かったと思います」

「…っ、俺…」

触れていた松本の手を、そっと握る。来夏に握られ、魔法のように手の震えが止まった。

「征服され、相手に負けたわけではありません。一晩の時間を、ちょっと譲ってやったんです。自分が相手を弄《もてあそ》び利用してやったんだ、くらいで上へ行きましょう。ここで負けないでください。自分自身を、自分で惨めにしないでください」

「小太…」

「限りなく不本意だったとはいえ、決めてしまった自分の選択を、自分自身で否定しては駄目です。相手にどんなふうに扱われても、それであなたの価値が変わるわけではありません。だから何かに怯えなくても、大丈夫です。俺は、今夜のことは誰にも言いません」

「ふ…ぅう…」

耐えきれずに来夏に縋りついた松本の目から涙が零れ落ち、声にならない嗚咽《おえつ》が嚙み締めた唇から漏《も》れる。そんな松本を、来夏は子猫を抱くように優しく抱き締めた。

「俺の友人も、そんなふうに悔し泣きした姿を見たことがあります。だけどそいつは、その悔しさをバネにして今頑張ってます。だから松本さんも…きっと大丈夫です」

大丈夫、来夏は繰り返す。その言葉が、松本の心に落ちて、拡《ひろ》がる。

来夏は、松本が泣き止《や》むまでずっと彼の手を握り締め続けた。

…最初の異変は、翌日。

遠武は来夏が起き出すよりも早く出社し、市川は久し振りの休日、神保は朝食はいらないとメモ書きがあって、来夏はここへ来て初めて一人の朝食になった。

「あれ？」

遠武に仮引越祝いにと贈られた来夏のマグカップが、見当たらないのだ。

昨夜棚に片付けたつもりだったが、どこかに置き忘れてしまったかとキッチンのあちこちを探してみたが見つからない。

もしかして誰かが使ったのかもしれないと判断し、その時の来夏はあまり深く考えずに朝食を済ませた。今日はあいにくの雨で、庭の手入れは出来ない。

浅井あての宅配も受け取り、朝食を終えてからリビングでのんびりとメールチェックをしていた来夏の元に、遠武からメールが届く。内容にざっと目を通した来夏は、画面へと小さく返事をした。

「…あぁ、はい判りました」

メールの内容は今夜は実家に戻るので帰れない、そしてそのまま出張に出るので戻って来るのは来週半ばになる連絡と詫びだった。

「…」

結局遠武とはパウダールームで別れてそのままだ。どんな顔をして会えばいいのか判らなかった来夏には、遠武の出張にほっとしている。それと同時に、心細い気持ちにもなった。

「うーん…時間が開いてしまうよりは、今日の朝に会えればよかったかな」

「振られましたか？」

独り言のつもりだったのだが、背後から聞こえてきたのはのんびりとした吉田の声。

「…お帰りなさい。別に、振られてません」

「おや、そうですか？　もしかして小太刀さんはこの家を出られるのかと」

「どうして、ですか？」

頬杖で載せていた顎を思わず浮かせた来夏へ、吉田が勝手口を指差す。

「小太刀さんが使っていた、カップが捨てられていたのでー。割れました？」

「…！　どこに」

「勝手口のゴミ箱に、割れて入ってましたよ。なので、てっきり別れ話になったのかとー」

「違います、まさか。…勝手口にあるゴミ箱に、不燃物をまとめているんですか？」

カップの行方《ゆくえ》を知らなかったらしい来夏の反応に、吉田はしげしげと顎に手をやる。

「ふむ。どうも、災難が落ち着かないみたいですねー。また何か出てますよ」

「災難はもう、要《い》らないです」

「ご自分に正直に生きればいいのに。相手は小太刀さん以上にきっと、強情だから――」

「俺は、多分自分で思っている以上に正直に生きてます。だから助けてもらえて…」

強情？　遠武が？　彼を表現するには少し違うような気がして、来夏は言い淀《よど》む。

強情と言われて真っ先に思い浮かんだのは、遠武ではなかった。

「巻き込まれ系ですからね、小太刀さん。どうぞ無理せず、いてください――」

じゃあね、と吉田が手を振ってリビングを後にする。

「相変わらず、よく判らない人だなあ。災難…？」

ここへ来て災難らしい災難など、来夏は感じていない…はずだ。

遠武への返信をどう返すべきかと考えながら、災難と言われた言葉がぐるぐるまわる。

すると玄関から、また誰かが帰宅する音が響く。

誰だろうと、来夏はパソコンをそのままで立ち上がってリビングのドアから玄関を窺《うかが》う。

「神保さん」

「…！」

そこには、ずぶ濡《ぬ》れの神保が立っていた。

顔を出した来夏に、驚いたような表情でこちらを見ている。

「濡れたんですか？　傘は？」

「傘は車の中で…いや、まあ面倒で」

本当に面倒臭そうに神保はそう言って、犬のように頭を振った。

そんな彼の仕種《しぐさ》に色気を感じて、来夏は変に意識してしまう。

「…っ、タオル、持ってきます」

パウダールームにはタオルがないので、来夏は急いで自分の部屋から洗ってたたんであった清潔なタオルを摑んだ。

部屋を出ようとした来夏の足元に、何かがきらりと光って落ちる。

何だろうと屈んで拾うと、女性物の指輪だ。

「指輪？　どうしてタオルの中に？　タオルに引っかかっていたのかな」

この家で女性物の指輪なら、おそらく佐藤のものだろう。

来夏はタオルと指輪をそれぞれ手にして階下へと戻る。

「神保さん、このタオル使ってください」

「…俺が自分の部屋へタオルを取りに行ったほうが早かったと、思う」

「う…そうですけど」

そう言いながらも、神保は自分の部屋に戻らないでリビングで待ってくれていた。

「…それは？」

タオルを受け取った神保は、指輪を握り締めたままだったもう片方の手を指差す。

来夏は素直に応じ、手を広げて指輪を見せた。

「洗濯したタオルの中から、落ちてきたんです。女性物だし、佐藤さんの指輪だと思うんですけど。後で返しておきます。神保さん、コーヒー飲みますか？　淹れますね」

指輪のことはあまり気にせず、来夏は神保にお茶を淹れるために仕度《したく》を始めた。

「…小太刀さん、自分のカップは？」

来夏の手許《てもと》に、いつものカップがない。

「えっと…割れてしまって。片付けました」

「遠武さんにもらったカップを？　あなたが？」

不審そうに重ねられた神保の問いに、来夏はぎこちない表情を浮かべる。

「落とせば割れてしまいますよ」

彼らしくない言葉とその表情だけで、何か事情があったのだと察せた。

「小太…いや、その指輪佐藤さんのものか訊いてきます」

神保は何か言いかけるが、代わりに手を出す。有無を言わさない彼の仕種に気圧《けお》され、来夏は遠慮がちに指輪を神保の手のひらに載せる。

受け取った神保はそのまま踵《きびす》を返し、佐藤の部屋に向かった。

佐藤は半裸に近いあられもない格好でドアを開け、見せられた指輪に驚きの声をあげる。

たとえ全裸であっても神保は気にしないことを知っているので、佐藤もそのままだ。

「えっ？　この指輪が小太刀さんのタオルに？　…それは、あり得ないと思うんだけど」

「？」

ドアを大きく開いて神保を招き入れた佐藤は、ドレッサーの上に置いていた小さなジュエリーケースを開ける。

「指輪は私の物で、このケースに入れていたのよ。だけどこの中のものは使わないから、うっかり指から抜けて洗濯物に混ざってしまったなんてあり得ないんだけど…どうして小太刀さんのところに紛れてしまっていたのかしら。ところで神保さん、体拭いてね」

「そうします…佐藤さん、部屋の鍵は？　出勤される時、いつも施錠してますか？」

「え？　してないわよぅ。したことないし。…あら、吉《よし》さん」

「お…神保さん、お話し中すみません。ちょっといいですかー？」

神保が背後を振り返ると、吉田がドアの前でヒラヒラと手を振って立っていた。

だが佐藤の部屋へは一歩も入っていない。

「実はー、小太刀さんのことでちょっとお耳に入れておきたいことが」

佐藤と一緒に吉田の話を聞いた神保は、勝手口に立ち寄ってから再びリビングへ戻る。

「小太刀さん？」

見ると、来夏が出かけようとしているところだった。

「すみません神保さん、ちょっと駅前まで出かけてきます。コーヒーはカウンターに…」

「駅前？　雨が酷いですが。買い物なら昨日行かれてますよね？」

暗に別の日にすればと促《うなが》した神保に、来夏は照れ臭そうに笑った。

「それが…ちょっとお金をおろしに。うっかりしてたみたいで、財布に入ってなくて」

「？　俺はおろしてきたばかりなので、急の入り用でしたらお貸ししますよ」

「いえ、すぐに使う目的のお金ではないんですが」

来夏の言葉を聞きながら、神保はテーブルのノートを広げる。昨日も食材を購入した記録がきちんと、一円単位で記されていた。

「小太…あなたがうっかり…？」

「…」

思わず声に出てしまった呟きに、来夏は一瞬だけもの言いたげに唇が動く。

だが、言葉にならない。

「…。駅前に行くなら、職場に戻るついでに送ります」

「いえ、でも」

「…」

遠慮をする来夏を、神保は睨《にら》んでいると言ってもいいまなざしで見つめた。

「じゃあ…すみません、お願いします」

あのまなざしに、来夏は弱い。

神保は頷き、テーブルの上にそのままだったノートパソコンを指差す。

「出かける前に…それ、預かります」

「え？」

「帰って来たら、俺の部屋から勝手に持っていってください」

そう言って有無を言わさず来夏のノートパソコンを預かると、自分の部屋のデスクの上へ置き、部屋に鍵をかける。そしてリビングで待つ来夏へ、自分の鍵を放った。

「…！　いや、でも神保さんがいない時に、部屋へ勝手にお邪魔するのは…」

思わず受け取った神保の部屋の鍵には、よく似た鍵が二つと小さな鈴がついている。

「綺麗な部屋ではないですが小太刀、さんに見られて困るようなものなんかありません。ノートパソは机の上に置いておきましたから。行きましょう」

「え？　でも…神保さん、何か用事があって帰って来たんじゃないんですか？」

玄関へ向かう神保に慌ててついていく来夏を、振り返って見つめる。

「…もう、済みました」

来夏の顔を見に来たのだ、とは神保は言えなかった。言っても不審がられるだけだろう。

そして玄関に着くと共通の下駄箱を開いて、家にいる者が誰か確認する。

開けて気付いたが、今日は遠武以外の全員がまだ家にいた。

「？」

来夏は神保が何のために靴を確認しているのか、判らない。

「行きましょう」

外に出ると、さっきまでバケツをひっくり返したようだった雨が嘘のように止《や》んでいる。

「あ…」

これなら車に乗せてもらわなくても大丈夫そうと言いかけた来夏だったが、神保は先に車へと向かってしまって断りの言葉を言い出しにくくなってしまう。

門のアプローチを抜けたすぐ横にある駐車場に、白い自家用車が停《と》まっていた。

以前、遠武が運転してくれた車だ。

雨も降っていないし断るべきかと躊躇《ためら》う来夏へ、車に近付いた神保が振り返る。

「二人きりになっても、何もしませんから大丈夫です。…それとも、俺が怖いですか？」

「！　違い、ます」

車で送ってくれようとするための神保の挑発だと判っていても、来夏はつい乗ってしまう。

助手席のドアを開けた来夏を見届けてから、神保も運転席へまわった。

こんなふうに二人きりになるのは、あの物置の時以来になる。

同じ屋根の下で暮らしていても、生活スタイルが違うとなかなか顔を合わせられないのだと来夏は改めて自覚した。意識的に二人きりになることなど、尚更だ。

車内に見覚えのある来夏は、運転する神保へ顔を上げる。

「もしかしてこの車、神保さんのですか？　俺、以前お借りしてますよね」

「俺の車ですが、乗り潰《つぶ》すつもりで社用で使ってます。勤めている伯父《おじ》の会社が近いので」

「あぁそれで時々、こうして戻って来られるんですね」

「…どうしてこれが、俺の車だと？」

来夏の荷物の移動に車が必要なはずだと、遠武に入れ知恵をしたのは神保だった。

だが神保はそんな恩着せがましいことをここで口にする男ではない。

「以前預けていた荷物を引き取る時に、遠武さんに運転して戴いてお借りしました」

「ほぼ俺の私用車みたいになっている車だから、車が必要な時は言ってください。保険も入っているし…運転は仕事で大丈夫ですよね？」

「えぇ。…それから、あの。俺には敬語、使わなくて大丈夫です。…多分、同い年なので」

「…」

どうして？　と訊かれると来夏は覚悟していたが、しばらく無言で運転を続けていた神保は赤信号で一時停止してからやっと口を開いた。

「では、俺にも敬語使わないでください」

訊かれたら、以前から神保を知っていると答えられたのに。

「でも」

ふいに神保が来夏へと顔を向ける。目が合って、来夏も思わず見つめ返してしまう。

「小太刀」

「…！」

見つめられたまま名前を呼ばれ、来夏の肩が弾んだ。

声は、あの頃と変わらない。顔立ちは高校生の頃よりもずっとずっと大人びて、そしてずっと格好よくなっていた。

ずっと胸の奥に無理矢理押し込めていた痛みが、来夏を再び傷つける。

嘘じゃない、正直な気持ちだった。だけどどうして信じてもらえなかったんだろう。

拒まれることは、仕方がない。覚悟もしていた。本当の気持ちなのに神保に信じてもらえなかったのが来夏を絶望させ、かなり長い間恋愛に対して酷く臆病《おくびょう》にさせていたのだ。

あの時の自分達は若く、そしてあまりに幼かった。

こうして年齢だけは重ねて大人にはなったが、大人になったからと言ってなんでも巧くやれるわけでもない。実際はあの頃と何一つ変わってないのだと現実を突きつけられる。

手をのばせば触れられる距離にいるのに、手をのばすことが出来ないのだ。

問えば答えを求められるのに、二人は怖くて相手に訊けない。

『何故、あの時？』

その緊張を先に破ったのは、神保だった。

穴の開くほどじっと顔を見つめていた神保は、来夏の警戒を解くため小さく首を傾《かし》げる。

「小太刀…俺の名前、呼んで」

「神保、さん」

「さん、はなしで」

「神、保…？」

祈るように囁いた彼の名前は、まるで特別な言葉のように来夏の中で何度も反響する。思い出すだけで苦しくて痛くて、ずっとその名前を呟くことが出来ずにいたのに。

「神保…」

だから来夏は思わず繰り返し、そして神保は子供のような笑みを浮かべた。

「うん、やっぱりそれがいいな。小太刀らしい。これからはずっとそう呼んで」

「え？　神保、俺は…訊きたいことがあって。どうして、あの時」

途端、後ろの車から来夏の声を遮るようにクラクションが鳴らされる。いつの間にか信号が青になっていたのだ。

一瞬で二人の間にあった奇妙な緊張が解かれ、神保は小さく舌打ちして車を発進させる。神保は運転するために前を向いたまま、口を開いた。

「小太刀が、遠武《あの》さん《人》の恋人なのは驚いた、けど。俺は…」

「違う…！」

「…」

来夏は思わず、そう言ってしまった。直後に、驚いた顔で神保に見つめられ、後悔に泣きそうな表情になってしまう。

「違う、ごめん…。多分、そうなんだろうけど…違うんだ」

「？　ワケ判らん。遠武さんと、つきあってないのか？」

本当の事は、言えない。たとえ抱きあっている姿を見られても、神保が遠武の秘密を知っているとは限らないのだ。

「ごめん…」

巧く説明出来ずに項垂《うなだ》れる来夏が、また神保の記憶とオーバーラップする。

「いや、謝るのは俺のほうだ小太刀。小太刀を責めるつもりも、困らせるつもりもない。…ただ、俺は」

神保は言葉を切り、一瞬来夏を見る。運転中なので、これ以上のよそ見は出来ない。

「小太刀が何かを我慢していたり、辛かったりそういうのが…もう、ないといいと、思っている。俺が言うのも、おこがましいが」

「神保…」

「遠武さんは、いい奴だし俺も尊敬してる。彼なら、きっと…」

しあわせにしてもらえると言いかけて、神保は続けられなかった。

遠武には、見合いの話が来ていた。親が勧めてきた話で、断れないと苦しんでいた。

もし来夏と遠武が恋人同士なら、見合いは二人の破局《はきょく》を示す。

遠武が来夏に見合いの話をしたとは、神保は聞いていない。勘でしかないが、おそらく来夏には言い出せないだろうと、推察出来た。

そして来夏が知っていたら、様子が違うだろう…多分。

遠武の見合いのことを知っているのか？　とは訊けない。

部外者の自分が、二人のことに立ち入る権利などないのだ。

だから代わりに、神保は別のことを口にする。

「…もし、一度だけ過去に戻って人生をやり直せるとして。やり直してみたい地点は、ある？

俺は、あります」

「それは、何処《どこ》ですか？」

あの時の来夏の告白を信じ、受け止めていたら。

神保は来夏と再会して以来、ずっとずっと後悔し続けていた。

「…」

自分で言い出しておきながら答えられない神保に代わり、来夏が口を開く。

「本音を言えば、俺もあります。だけど…本当に過去に戻ってやり直し出来るわけではないから、これからやり直しするしかないですよね。だったら俺は、このままがいいなあ」

「このまま？」

「思い出すのも酷く消耗《しょうもう》する過去はあるけど、過去に戻れない。過去のことがあるから、今俺はこうしていられるし、神保さ…神保の運転する車に乗ってる。不思議でたまらない」

また逢えるとは思わなかった。言いたいけど言えずに、その言葉を来夏は飲み込む。

何故なら、神保の左手の薬指には指輪があるのだ。事情があって一緒には暮らしてはいないようだが、それは神保が誰かと夫婦となって伴侶《はんりょ》がいる揺るぎない証《あかし》だ。

「…あの家は、住み心地いい？」

「とても。遠武さんのお陰です。もしかしたら、吉田さんのお陰？　かもしれないけど」

「吉田さんの？」

思い出し、来夏は小さく笑う。

「会社が倒産する前、駅で吉田さんに声をかけられたことがあって。叶《かな》うなら、俺はこのまま暮らせたらいいと思ってます。大家さんにもまだ挨拶出来ていないんですけどね」

「大家、は…小太刀のことを気に入っていると思うが。そうでなければ、こんなに長く置いておくことはしない」

「…だと、いいんですけど」

祈るように小さく呟いた彼の言葉は、まるで来夏の溜息のように聞こえた。

駅前で神保に降ろしてもらった来夏は、小一時間ほどで家に戻って来た。

お金をおろすつもりで出かけたのに、肝心のキャッシュカードが財布に入っておらず、ただ駅前まで神保に送らせただけで戻って来たのだ。

時間にして数分の、とてもデートとは言えないドライブだったが、来夏の胸は不思議に甘く余韻《よいん》を残している。駅まで無駄足だったのに、気持ち的には殆ど落ち込んでいなかった。

「お金も、まだお財布に入っていると思ってたんだけどなあ」

皆から預かった食費と自分のお金が混ざらないよう、来夏は買い物をする時は別の財布を使っていた。私用の財布も持ち歩いていたが、使い切るほどの買い物をした覚えがないのに、今日見たら所持金が殆ど残っていなかったのだ。

食費の計算と所持金残高は合っていたので、間違って使ってしまったとは考えにくい。

自分が少しぼんやりしていたのかと、この時の来夏はあまり深く考えていなかった。

リビングのテーブルには、来夏が浅井の代わりに宅配業者から受け取った封筒が置かれたままだった。まだ浅井は起きて来ていないようだ。

来夏のノートパソコンは、神保の部屋にある。そして彼の部屋の鍵も、来夏が所持していた。神保が戻ってきたら、すぐに鍵を返さなくてはならない。

「勝手に入ってもいいいって言われても…」

仕事で使っているわけではないので、いつもなら神保が戻ってくるまで待っていてもいいのだが、なるべく早めに返信をしておきたいメールが数件残っているし、遠武への返事もまだしていない。

「うーん…」

とりあえず来たものの神保の部屋の前でしばらくうろうろとしていた来夏は、やがて意を決して部屋に入ることにする。預かった鍵は、よく似た形のものが二ついていた。

「これ、どっちが神保さんの鍵だろ」

遠武の部屋の鍵でも、預かっているのだろうか。

「各自の部屋には鍵をかけるって考えると、なんか変な気分だな」

ここがホテルかコテージだと思えば普通のことだが、部屋に鍵をかけるのはプライバシーの確保か、もうひとつ考えられる理由は盗難対策だ。

『部屋には鍵をかけて』

他人同士が暮らしているシェハウスなのだから、自分の部屋に鍵をかけるのはごく普通の、当たり前の範囲になるかもしれない。

来夏は鍵をかけてしまうのは誰かを疑っているようで、どうしても抵抗があった。

だからここで暮らすようになってからずっと、部屋には鍵をかけずに暮らしている。

「…」

割れてしまったマグカップ、気付いたらなくなっていた現金。疑おうとするとキリがないのだが、こうしてパソコンを預かった神保の言葉も確かに引っかかりがあった。

「誰を疑うんだ？　気分が悪い。…遠武さんがいてくれたら、相談出来たのに」

来夏はそんなことを考えながら鍵の一つを鍵穴に差し込むと、運良く鍵が開く。

「お邪魔、しまーす…」

誰もいないと判っていても、来夏は中を覗《のぞ》き込むように部屋の中へ入る。

部屋には、神保がつけているフレグランスの残り香があった。

本が好きなのか、雑然とした部屋のあちこちに本や雑誌が積まれている。来夏のノートパソコンは、入ってすぐ目の前の彼の机の上にあった。

上着のポケットから出してそのままなのか、数枚のお札と小銭も同じ机の上に無造作に置かれているが自分のお金ではないので来夏は興味も示さず自分のパソコンを手に取る。

部屋を出ようとした来夏は、なんとなく惜《お》しい気がしてドアの前で足を止めた。

「神保の、部屋…」

部屋の中にあるものは全て、来夏が知らないものばかりだ。なのに、ここが彼の部屋だと思うとなんだかほっとする反面、落ち着かない気持ちにもなっている。

そして否が応にも、視界に彼のベッドが見えた。

朝起きてそのままなのだろう、上掛けが乱暴に捲《めく》られたままのベッドだ。整えられていない分、逆にリアルに神保がここを使っている姿が想像出来てしまう。

ベッドを見ただけで神保の寝姿が実際見たように脳裏に浮かんでしまった来夏は、慌てて頭を振って自分の妄想《もうそう》を飛ばす。

「…何考えてんだ、俺はもう」

こんなこと、遠武で想像したことなど一度も、ないのに。

意識してはいけないと思えば思うほど、ここにいない神保を意識してしまう。

それと同時に、まるで熱があるような落ち着かない気持ちにもなっていた。

神保のことを考えると、いつもそうだ。

「…」

それはずっと忘れていた、忘れようとしていた感情だと来夏自身判っている。

「…いつまでもここにいるからだよな、早く部屋を出よ」

来夏は自分にそう言い聞かせると、部屋を出て再び鍵をかけた。

「小太刀さん、ここで何をしてるんですか？」

神保の鍵をズボンのポケットに入れて顔を上げると、松本が驚いた表情で立っていた。神保の部屋から出て来た来夏を、信じられないと言わんばかりのまなざしで凝視している。

「神保、さん…なら部屋にいないですよ」

「…不在と知ってて、なんで部屋に？　この部屋の鍵を、持ってるんですか？」

「えーと…」

来夏は松本へ事情を説明しようとするが、ふと自分が神保の鍵を預かっていることを彼へ言わないほうがいい気がして、途中で言葉を濁《にご》らせた。

その勘は、おそらく間違っていない。だがどうやってこの場を対処しよう。

気まずい松本との緊張感を破ってくれたのは、来夏のスマホにかかってきた電話だった。

「はい、小太刀です」

来夏は幸いと、睨みつける松本の強い視線から逃れるようにしてこの場を後にした。

「あ」

短い時間で通話を終えてリビングに戻ると、今度は浅井宛の荷物がなくなっている。

神保の部屋に行っている間に、彼がリビングに来て引き取ったのだろう。

そう判断した来夏は、この時は何も疑わなかった。


夜になって改めて外出した来夏はどうせ一人だからと、久し振りに外で食事を済ませてからシェアハウスへと帰ってきた。

「ただいま戻り…ました」

リビングには市川と松本が、そして帰って来ていた神保と珍しく浅井も一緒にいる。

「？」

どうしたのだろう、帰って来た来夏に彼らが妙な反応を示したのが肌で伝わった。

「何…？」

「小太刀さん、宅配で届いた俺宛の荷物何処ですか？」

唐突に浅井に問われ、来夏は反射的にテーブルを見る。

「テーブルの上に置いておきましたけど…もしかして、受け取っていないんですか？」

「受け取っていたら、訊かないだろ。見あたらなかったから小太刀さんに訊いてんの！」

「テーブルの上に置いてからは、俺は知りません」

「なんで⁉　受け取りを引き受けたんなら、ちゃんと俺の手許に届けるまでが責任だろう？　今度他社でコミックスになる、手描き原稿《アナログ》なんだよ。あれがないと単行本にならないんだ。探したけど、リビングの何処にもない」

宅配が来るから受け取りだけしてほしいと頼んできたのは浅井からだ。

「俺はテーブルの上に置いた以外、他に移してないですよ」

「だけどその荷物がない。誰が他の人の荷物を持っていくんだよ？　誰かの荷物を持ってくなんて、この家で今までこんなこと一度もなかったんだ」

市川の言葉に、松本が控えめに手を上げる。

「あのー…実は俺、この間から財布がないんです。なんかこういうの、小太刀さんが来てからおきてないですか？　小太刀さんを疑うわけじゃないですが、小太刀さん会社倒産してここへ来たんですよね？　熱心に仕事探しに出かけてるわけでもなく、この家の手入れして」

「あ…」

来夏は、松本の言葉にようやく自分が疑われていることを察した。

「小太刀さん…あんた親切なふりをして、実はずっと俺の洗い物させられているの不満に思ってたんだろ。だから受け取った荷物をどこかに隠したんじゃないのか？」

「そんなことしません」

「遠武さんがいる間は、おとなしくしていたんだろ。だから…」

何故か異常に興奮して言い募ろうとする松本の言葉を、神保が静かな声で制した。

「小太刀さんを都合よく利用して頼みごとを押しつけ、やった証拠もないのにいきなり犯人だと決めつけて吊《つる》し上げるのか？」

「！　いや神保さん、俺達そういうつもりじゃ…」

「じゃあどういうつもりで、帰って来たばかりの小太刀さんを責めたてようとしている？」

「神保…さん」

「…っ、だってこれまでこんなこと一度もなかったんですよ？　全部、小太刀さんが来てから…俺の財布だってないし。神保さん、小太刀さんが犯人だと信じたくないだけなんじゃ」

松本の口調と言葉は、まるで来夏が犯人である確固《かっこ》たる証拠を持っているようだった。

「小太刀さんは犯人じゃないし、誰かのものを盗んだり隠したりする人間ではない。そんなことをするような人間を、あの遠武さんが連れて来たりしない」

「知らなくてここへ連れてきた可能性も否定出来ないと思います。遠武さんだって、これまで小太刀さんと一緒に暮らしていたわけじゃないんだから知らなかっただけかも…って言うか、神保さんはどうしてそんなに小太刀さんを庇《かば》うんですか？　神保さんだって自分の腕時計が数日前からなくなってるの、どうして言わないんですか？」

「…！」

松本の言葉に来夏は驚いて神保を見るが、神保本人は腕を組んだまま動じた様子もない。

「俺の時計はなくなってないが」

「！　じゃあどうして、神保さんはここ数日腕時計してないんですか？　腕時計がないとお仕事で困るでしょうに。俺、神保さんが時計しないでいたの見たことないですよ？」

行儀悪く松本が指差したので、皆が一斉《いっせい》に神保の手首を見ることになった。

確かにその手首には、いつも見かける腕時計が嵌《は》められていない。

高校時代にされた嫌がらせが、来夏の中で蘇る。同じようにクラスの中で私物がなくなり、転校生だった来夏が真っ先に疑われて当時のクラスメイト達に同じように吊し上げられたのだ。…誰かが盗んだものは、来夏のロッカーに隠されていた。

「…っ」

「小太刀」

記憶のオーバーラップで目眩《めまい》を起こしそうな来夏を、神保が腕を摑んで支える。

我に返って顔を上げた来夏は、自分を真っ直ぐ見てくれている神保の強いまなざしに安心し、そして彼は自分を疑っていないと確信出来た。

神保は信じてくれている、それだけで来夏は崩れそうになった膝に力が入る。

今まで無言で話を聞いていた市川が、仲裁するように提案した。

「個人的に言わせてもらえば、俺も小太刀さんがそんな軽率な行動を取るとは思えないんですが。たとえば…自分が頼まれて代わりに受領した荷物を即時どうにかするなんて、疑ってくれと言わんばかりじゃないですか。彼はかまってちゃんじゃないですよ」

「だけど市川さん、現に俺の荷物はなくなっている。小太刀さんがどうにかしたのでなければ誰かが持って行った以外にないだろう？　誰がやったんだよ」

市川の言葉はあっさりしたものだ。

「それは判りません。まあとりあえず、帰って来た誰かが自分の荷物と間違えてしまったのかもしれないのだから各自もう一度私物を確認するのがいいと思いますけど…神保さん、小太刀さんもそれでいいですか？」

一番年長らしい市川の提案に、納得がいかない浅井が自分の手を打った。

「は…！　弁当作ってもらってる手前、市川さんは小太刀さんを庇いたいんですネ？　人は見た目では判らないんですよ？」

からかう若い浅井にも、市川はわざとゆっくりと頷く。

「当然です。一飯《いっぱん》の恩《おん》をここで報いず、いつ恩返しすると言うんですか。俺は飯の恩だけでなく、してもらった親切や恩を仇《あだ》で返すような真似はしないだけです。…それとも浅井さんや松本さんは、そんなに小太刀さんを犯人にしたいんですか？」

指摘された浅井は渋面を浮かべ、松本は無言で眉を寄せた。

「まさか」

「それならとりあえず各自、もう一度私物の中に紛れていないか確認しましょう。それでも見つからなければ、手分けして家中を探せばいい」

神保の提案にそれぞれが応じ、各々一旦解散となった。

遠武の時と同様、何故か皆は神保の言葉に素直に応じている。

一番最後に、来夏と神保だけが残った。神保は壊れ物を扱うように、そっと腕を離す。

「大丈夫か」

ぶっきらぼうな神保の言葉が、今は彼との距離が近く感じて心強い。

「大丈夫。そうか俺が疑われてたんですね…俺、してないです」

「判ってます。小太刀は誰よりも義理堅く、人道的なことも俺は知ってる」

「あー…これ、褒められてるのかな」

むしろ励ましに近いだろう。自分が疑われているのになんだか嬉しくなって、来夏は小さく笑みが零れてしまう。

「褒めて元気になるなら、いくらでもしてやる。遠武さんが急な出張でしばらくいなくなった途端に変なことが起きてるのも不快だし、なるべく早めに解決するぞ」

断言してくれる神保に再度励まされ、来夏は頷く。

「そうしたいです」

だが神保はなんらかの事情を知っていて部屋に鍵をかけておけと言ったのか、それは来夏は訊けないままだった。


自分の部屋に戻った来夏は、ベッドに上掛けを被せて隠すようにしていた荷物を見つけて呻《うめ》いた。

「…まさか」

そこにはなくなっていた浅井の荷物と剝《む》き出しのままの小銭混じりの現金と、二つ折りの財布までも一緒にあったのだ。財布はおそらく、松本のものだろう。

現金の金額に、覚えがある。神保の机の上に放られていたお金と同じ金額だった。

だが来夏は盗みなどしていない、そもそも今部屋も鍵を開けて入ったのだ。

「誰が、こんなことを」

誰かがこの部屋の鍵を持っていて、来夏に盗難の濡《ぬ》れ衣《ぎぬ》を着せようとしている。

「…っ」

誰かに相談と思い、咄嗟に神保の顔が浮かんだ。だが、どう言えばいいのか。

「部屋に戻ったら、誰かがここに隠してましたって？　そんな言い訳、子供でもしない」

目の前にあるのは絶対の、状況証拠だ。いくら来夏がしていないと言っても嘘はいくらでもつける。今の来夏では、自分がしていない証拠を出すのは不可能だった。

誰がこんなことをしたのか犯人を考えるよりも、自分を陥《おとしい》れようとしている悪意のほうが精神的ダメージが大きい。

「俺じゃなければ、この家の誰かが犯人じゃないか…」

不審者《ふしんしゃ》の侵入も考えられるが、内部者の仕業《しわざ》だと考えるほうが自然だ。

今までに盗難騒ぎなど、一度もなかったと聞いている。ならばきっかけは自分がここへ来たことになるだろう。

「こんなことなら」

自分を庇ってくれた神保や市川に迷惑をかけるくらいなら、濡れ衣を着せられたままこの家を出たほうがいいのかもしれない。

犯人は自分を追い出したい理由でやっているのだとしたら、来夏が出て行けば問題は起こらないだろう。…だが。

「犯人になってしまうと、俺を連れて来てくれた遠武さんに恥をかかせてしまう」

泥棒を連れて来たのかと、他の住人達から不本意なレッテルを貼られてしまうのは耐えられなかった。彼の信用問題にも関わる。

ここは住み心地がいい家だと、遠武は楽しそうに話していた。

「もし俺のことがきっかけで遠武さんが暮らしづらくなって、この家を出るようなことになってしまったら、俺自身が恩を仇で返してしまうじゃないか」

それだけはどうしても、耐えられなかった。

「吉田さんの言ってた災難って、このことなのか…？　誰かに相談…」

真っ先に浮かんだのは遠武ではなく、また神保だった。

遠武は出張中で、連絡をして迷惑をかけたくないというのもある。彼のことだから、たとえとんぼ返りになってでも戻ってきてしまうだろう。

来夏への好意を抜いても…あるからこそ尚更、それが遠武という男だった。

「…っ」

だから遠武に相談することは絶対に出来ない。これ以上の迷惑をかけたくなかった。

来夏はいい案も思い浮かばなくて、自分の部屋から逃げるようにリビングへ向かう。

「おや、小太刀さーん。何巻き込まれてるんですかー？」

リビングには、帰ってきていた吉田がのんびりと新聞を広げていた。

吉田はいつも通りで、来夏を疑っている様子は全くない。

「吉田さん…巻き込まれるつもりは、なかったんですが」

「んー」

吉田は新聞をたたんで脇に置くと、立ち上がって来夏へ千円札を手渡す。

「気分転換《きぶんてんかん》に、お散歩旁々《かたがた》コンビニでアイスでも買ってくるといいですよー。あ、ついでに私のも買ってきて下さい。小太刀さんのアイスの分はお駄賃《だちん》に奢《おご》りますよ」

吉田の言う気分転換というのはもっともで、来夏は少し遠回りをしてから近くのコンビニで吉田の分もアイスを買って戻って来た。

「ただい…」

「小太刀さん！」

リビングのドアを開くと同時に、浅井に声をかけられる。他に吉田と松本、そして神保の四人が一緒にいた。

驚いてドアの前で足を止めた来夏に、浅井が土下座しそうな勢いで頭を下げる。

「荷物、見つかりました…！　すみません！」

「え⁉」

もしかして留守にしている間に、来夏の部屋へ入ったのだろうか。

緊張で声が強張る来夏へ、浅井は申し訳なさそうに頭を下げながらテーブルを指差す。

「誰かが置いた新聞と一緒に、巻き込まれてダイニングテーブルの下に落ちていたんです。神保さんが見つけてくれました。疑うような真似して、本当すみません…！」

そう言って見せてくれた荷物は、間違いなく来夏のベッドの中に隠されていたものだ。

「…！」

驚いて顔を上げると、神保は澄ました表情で横を向いている。

「見つかったなら、よかったです」

「ねぇ…なあに？　騒がしいけど、何かあったの？」

今度は眠そうな声で、寝間着姿の佐藤が入ってきた。

その手には、黒い財布を持っている。

「パウダールームに落ちていたんだけど、これ誰のお財布かしら？」

佐藤が翳《かざ》した財布に、松本が声をあげた。

「あ…！　それ、俺のです…！　ど、い、い、どうして⁉」

信じられないと言わんばかりの松本へ、佐藤は面白くもなさそうに財布を放る。

「あ、そ」

「これ、何処にあったんですか⁉」

「何処って…だからパウダールーム。洗濯機を使おうと思って行ったら、リネン類と一緒にあったわよ。一緒に洗っちゃうところだった」

「…まさか」

受け取った松本が、近くにいた来夏にしか聞こえない声で小さく呟いた。

「松本さん、お財布見つかってよかったですねー」

「え、えぇ…」

吉田の言葉に喜んでいいはずなのに、松本の表情は気まずそうに硬い。

松本がなんらかの事情を知っているのは、見て明らかだった。だが何故そんなことを？

「じゃあこれで、解散にしましょう」

神保の提案に、住人達はそれぞれ部屋に戻ることになった。

「小太刀さんは私と一緒に、アイスを食べましょうー」

来夏はすぐにでも部屋に戻って確認したかったが、お遣いの釣り銭も返さなくてはならなかったので吉田と一緒にカウンターへ座る。神保は一番最後に、リビングを後にした。

自分の財布が見つかってよかったはずの松本も混乱していたが、来夏も理由が判らない。

「一体、どういうことだ…？」

吉田にアイスの礼を言って来夏が部屋に戻ると案の定、ベッドの上にあったものは全てなくなっていた。鍵をかけていたこの部屋から、誰かが荷物を持って出てくれたのだ。

そして来夏がアイスを買いに出ていた間に、不自然じゃない場所へ戻されていた。

ではこの部屋に入って、持ち出してくれたのは誰だろう。

「…神保、か？」

他に、考えられない。だから来夏は事情を訊くため、神保の部屋へ向かった。


「くそ…なんで」

部屋に戻った松本は、何度目か判らない独り言を繰り返す。

「浅井さんの荷物も、俺の財布も…あいつの部屋に隠したはずなのに」

松本の手の中には、来夏が今生活している部屋の鍵があった。先住者と仲がよく、予備の鍵を預かったままでいたのだ。だから来夏を犯人に仕立てるにはうってつけの状況だった。

さっき運良く来夏が外出をした。何か理由をつけて浅井と一緒に部屋に入り、盗難の動かぬ証拠として来夏をこの家から追い出す予定だったのに。

だが来夏の部屋に隠したはずの浅井の荷物はテーブルの下で発見され、自分の財布も佐藤がパウダールームから見つけ出してしまっている。

誰かが、来夏を庇ったのだ。

「…だけど」

一緒に来夏の部屋に隠した神保の時計は、見つかっていない。盗難事件の念押しのためにとあの時計だけは、すぐに見つけられない場所に隠している。

「またなかったことにされたら、面倒になる。一度小太刀さんの部屋からあの腕時計を持ち出して、別に隠そう。ほとぼりが冷めた頃に、もっと巧くやれば…」

三階の松本が部屋を出ると、ちょうど来夏が階段を降りて行ったところだった。

今なら誰もいないはずだ。

松本は躊躇なく来夏の部屋に近付き、持っていた鍵を使ってドアを開けた。周囲に誰もいないのを確認して、素早く部屋の中へ滑り込む。

「…！」

途端、窓辺に立つ姿に松本はその場で驚きで体を硬直させた。

「小太刀さんなら、リビングに行ってるが」

「神保さん…！」

来夏の部屋に、神保がいたのだ。腕を組み、ドアの正面にある窓枠に寄りかかるように立っている。

「この部屋に何の用だ」

「そ、れは…」

「またこの部屋に誰かの私物を隠して、あいつに濡《ぬ》れ衣《ぎぬ》を着せるのか」

「…っ」

言い当てられ、松本は上目遣いに唇を噛み締めた。

「だ、けど。小太刀さんが来てから、こんな騒ぎが突然…」

「小太刀は、誰かの物を盗むような奴じゃない」

「来てまだ一ヶ月も経《た》っていないのに、どうしてそんなこと言えるんです？　あの人、遠武さんの…恋人だからここに来たんじゃないんですか？」

「二人の間柄のことは、俺は知らない。それは本人達に訊いてくれ」

「神保さんだって…！」

「俺？」

「物置で。あの人に、誘惑されたんじゃないんですか？　だからあんなこと…。俺が行かなかったら、間違いがあったかもしれないんですよ⁉」

「間違いいって…とっくに成人してる、男同士だろ」

「だったら尚更じゃないですか…！　俺にだって…」

「？」

何のことだ？　と神保が眉を寄せた時、来夏が部屋へ戻ってきた。

「神保、下に行きましたけど吉田さんは…松本さん？」

本当に判らないらしい来夏へ、松本が食ってかかる。

「あんたが…！　浅井さん達の荷物を盗んだんじゃないかって、思ったからですよ」

「俺はそんなことしません」

言いながら来夏は神保を見る。

少し前に突然訪れた神保が、リビングで吉田が呼んでいると来夏を部屋から追い出した。

どうやら松本をおびき寄せるためだったらしいと、勘のいい来夏は察して神保を睨《にら》むが、本人は惚《とぼ》けたまま目を合わせようとしない。

「彼に濡れ衣を着せて、何が面白いんだ？」

「…！　一人だけいい子ちゃんでいるのがムカつくんです。いつもへらへら笑って、誰にでもいい顔して。そんなにこの家に暮らしたいのかって。泥棒したのも、そうやって神保さん達の気を惹《ひ》きたいからじゃないんですか⁉　優しい言葉をかけたのだって、二人がキスをしようとしていたのを見た俺に口止めしたいからに決まってる…！」

松本の言葉に、神保は腕を組んだまま来夏へと首を傾げた。

「小太刀…松本さんにこれだけ嫌われるなんて、一体何やったんだ？」

「えっ？　いや、俺は何も…」

「しただろう⁉　枕営業してきた俺を介抱《かいほう》するつもりで、本当は嘲笑《あざわら》ってたんだろ…！」

そんなことしたのか？　と、無言で問う神保に、来夏はまさかと首を振る。

神保ははあ、と溜息をついてから改めて松本へと顔を向けた。

「小太刀を庇うつもりはないが…この男は、偽善で動いたりしない。いつもへらへら笑っているように見えるが、元もとこんな顔だ。学生の頃からな」

「神保？」

「さっきもそれ、言いましたよね。神保さんは、小太刀さんがここへ来る前からの知りあいだったんですか？」

「元クラスメイト」

「えっ⁉」

神保の言葉に驚いた声をあげたのは、来夏だった。

そんな来夏をちらりと見てから、神保は続ける。

「小太刀が松本さんに対して、何があってどんな態度をとったのかは知らないが。彼は誰かの不幸につけ入るようなことは絶対にしない。またわざと誰かを陥れるような、曲がった根性もしていない」

「どうして断言出来るんですか」

「高校時代…クラスメイトの嫌がらせで、誰かが盗んだ物を彼のロッカーに隠した。小太刀が盗んでいないと判っていたのに、盗まれた奴が騒いだことで学校で問題になって結局彼に濡れ衣を着せた。…彼はどうした思う？」

「知りません。犯人は自分だと言ったんじゃないですか？」

「自分はやってないって言いきったよ。彼のロッカーに隠し入れたのを見ていた奴がいて、学校に証言したからな。小太刀ひとりでは盗めない物だったこともあって、すぐに信用された。…だからもし今回もまた同じようなことがあっても、彼は自分がしていないことをしたとは絶対に言わない。それが、こいつがいつも笑っていられる強さだ」

「…あの時、俺がやってないって証言してくれた奴がいたって先生から聞いたけど…本当にそんな奴、いてくれたのか？　一体誰が」

神保の話は、来夏自身初めて聞いたことだった。

「証言したのは俺だ。だからお前、それでからかわれてあんな…」

「えっ…」

もう一度驚くことになった来夏の言葉を、神保はわざと遮る。

「いや、俺達の昔話は今はいいだろ…、だから松本さん。もし自分の醜態《しゅうたい》を見られたことが恥ずかしくて小太刀をこの家から追い出したいのなら、理由を正直に話して頼んだほうが早いと思う。本当に出て行くかどうかはともかく、嫌がらせよりは確実なはずだ」

「あなたが気に入らないから、この家を出てってくれって？」

「あー…それなら俺、多分出て行きますよ」

「…！」

来夏の言葉に、松本は信じられないと目を見開いた。

「…。だから濡れ衣を着せることはやめたほうがいい…そう止めに来たんだ」

「でも…！　神保さんの時計だって、見つかってないじゃないですか…！　もしこの部屋にあったら、どうするんですか？　学生の時と変わってるかもしれないじゃないですか」

「俺の時計？」

怪訝《けげん》そうな神保に、松本はわざと部屋を見渡して探す素振《そぶ》りをしてから膝をついてベッドの下にあるひきだし代わりのカラーボックスに触れる。

「この中見ても、いいですか？」

頷いた来夏から確認をとった松本は、半透明の扉のカラーボックスを開けた。ひきだしの手前に、メンズの腕時計が軽く布に隠されるようにして見えている。

「ほら、これ…！」

松本は表情を明るくし、時計を摑み出す。

「これ、神保さんの時計ですよね？」

だが神保はその時計をちらりと見ただけで、首を振る。

「…いや、これは俺のじゃない」

「えっ⁉　だって、この時計は神保さんの部…いや、だって俺、確かに見たんですよ」

「どこで見たって？」

部屋にあったと言いかけ、我に返った松本はしどろもどろで言い訳をする。

「それは…」

「その腕時計は、小太刀のものだ。知りあいの腕のいい時計店へオーバーホールを頼むため、俺が預かったんだ」

「…！」

神保の言葉に、松本の顔色がはっきりと変わった。

「なのにどうして今、俺の時計だと断言した？　それは俺の部屋にあったのを、松本さんが知っていたからだろう。だが俺は、今いる住人は誰も部屋に招き入れたことがない」

神保はいつもの淡々とした口調を崩さない、だが後ろめたい者が聞けば、脅威《きょうい》に感じる声だった。…今の、松本のように。

松本は言い訳すら出来なくなり、顔を真っ赤にしたまま唇を噛んで俯く。

来夏は、小さく息を吐き出す。だが、松本に対して呆《あき》れた溜息ではない。

「神保さんが持っている時計とよく似ているので、松本さんが見間違えたんですね」

「小太刀さん…」

「小太刀…」

松本を庇うのかと渋い表情を浮かべた神保にかまわず、来夏は松本の前に膝をつく。

神保だって来夏を庇って、彼の時計だと嘘をついている。

「今の状況で、疑わないほうがおかしいです。似たような時計を知っているなら、尚更」

それが自分を庇おうとしている来夏の嘘だと判っているから、恥じ入って今にも泣き出しそうな松本に静かな声で続けた。

「俺は身の潔白を証明したいとも思いません。何も起きなかったのなら、そのままにしておきたいほうです。だから偽善者というのは、嘘ではない気もします。俺のことが嫌いなら、嫌いでもいいです。無理に好かれたいとも思いません」

松本は驚くほど素直に、来夏達へと頭を下げる。

「すみません、俺…小太刀さんにしたのは、逆恨《さかうら》みです」

「うん。行き場のない悔しい感情なんだと思います。だけどこんなこと、もうしないほうがいい。嫌な思いをするのは他でもない、松本さん自身ですよ」

「…っ」

松本は鼻を啜《すす》りながら、堪《こら》えきれずに落ちてきてしまった涙を乱暴に拭う。

「謝れる力があるなら、松本さんは大丈夫です。だから頑張って下さい」

来夏の言葉に、松本は小さく頷いた。

松本が顔を拭いながら部屋を出ると、来夏は小さく呟いた。

「…やっぱり」

「え？」

何を言ったのだろうと、神保は軽く屈み込む。

来夏はそんな神保を見ないまま繰り返した。

「やっぱり俺のこと、憶《おぼ》えていたんじゃないか。高校時代、俺の身の潔白の証言までしてた。それに、自分の時計を俺の時計なんて嘘ついて」

これまでに見たことのない忌々《いまいま》しげな来夏の言葉に、つい苦笑いをしてしまいながら神保は素直に謝る。

「部屋から持ち出した奴じゃなければ、俺の時計だって断言出来ないだろ。普段は使っていない時計だったんだ。…黙っていたことは、謝る。でもお前も同じだろ」

「俺が？　なんで？」

どうやら腹をたてているらしい来夏へ、神保は顔を覗き込みながら続けた。

「自分の時計じゃないって言わなかった」

「それは…そうだけど」

「小太刀が遠武さんと一緒に初めてここへ来た時。俺に『初めまして』って言ったのは小太刀だろ。憶えていないのか、そうしたいのかどっちか判らなかったし」

「同じコトを神保に返すからな…その時、俺のこと見てしらないって表情《かお》をしただろう」

「…」

「それに…俺のことは、思い出したくないカテゴリに入っていると思っていたから。忘れてるなら、そのままのほうがいいと思ったんだ」

「忘れてない」

「神保」

「あの日から一日も忘れなかった、とは言わないが。小太刀と再会して、お前に謝りたかったことを思い出してずっと苦しかった」

「神保が？」

「そうだよ」

「それなら俺に、憶えてるって言ってくれればよかったじゃないか。ここは神保が先に暮らしていた家で、俺は新参者だ。先住者が心地好く暮らしているこの場所へ、忘れたい過去が土足で踏み入るような真似出来るわけ、ないだろ…！」

変わらない来夏らしい気遣いの言葉に、神保は自分が高揚《こうよう》するのが判る。

「なんで俺がお前のことを忘れたい過去だって、決めつけているんだよ」

「あんな手酷《てひど》い振りかたしておいて、よく…！」

思わず声が大きくなった来夏は、勢いのまま続けた。

「それに俺が酔い潰れた時も…！　遠武さんのふりした」

「なんだ、俺だって気付いていたのか？　だったら何故あんな告白したんだよ」

「告白なんかしてない」

「しただろ、高校時代の…俺に気持ちを告げてくれた時のことを話したじゃないか。酩酊《めいてい》状態ではないけどお前酔っていたし…あんな話をされて、それは俺のことだろって言っても通じないと思ったんだ。どうして俺だって判ったんだ？　いや、俺だと判って言ったのか？」

どこか焦《あせ》りもあるような神保に、来夏は緊張で自分の両腕を抱きながら頷く。

紅潮する来夏の頬が、酷く扇情的に見えるのは自分が舞い上がっているせいなのか、今の神保には判らない。ただ、甘く痺《しび》れるような期待と興奮が指先まで満たそうとしている。

「違うって判ったのは、腕時計だよ。リビングで飲んでいた時に遠武さんがしていた時計と違うものだったたし、あの時遠武さんには仕事の電話が入ってた。…それに遠武さんは」

「？」

「…あんなふうに俺に、触れたりしない」

それは、意外な言葉だった。何故なら神保は、パウダールームで抱きあう二人を見ている。見ていられなくて、嫉妬で壁をノックしたのだ。

「俺だって判って、あの話をしたのか？」

「そう。…でも、神保を責めるつもりで言ったわけじゃない。酔った勢いで言いたくなったんだと思う。謝りたかったのは、俺も同じだ」

来夏らしい、優しい言葉だ。だから神保は素直に詫びた。

「気付いていて、すぐに言わずにいて悪かった。そして俺は本当のことを知らなかった」

…小さな誤解が。再会するまでの長い間、それぞれずっと違う形で二人を苦しめていた。だがそれはどちらのせいでもないのだと、彼らは大人になっているから判る。

神保は改めて来夏を見つめた。

「知らなかったとは言え酷い言葉で傷つけた、あの時の俺を許してくれとは言わない。だけど大人になった今の俺が、あの時の小太刀に心から詫びる。…傷つけて、悪かった」

すまない…祈るように小さな声が、もう一度重ねられる。

「神保は悪くない。俺があれ以上嫌がらせを受けないようにしてくれた、配慮だと知ったから。もし過去に戻れるなら、高校生の俺に泣くなって伝えたい。…でも、あの過去があったから俺はここにいるのかもしれないって思う」

「小太刀」

来夏は真っ直ぐ神保を見つめた。

「そう思うんだ、神保」

「…俺も同感だ。もしあの時小太刀の気持ちを受け入れても、未熟過ぎて別の形で傷つけ、別れていたかも…むしろその可能性のほうが高い気がする」

「神保」

神保は真摯《しんし》なまなざしで、来夏を見つめている。

睨んでいるように強い、だがその中に優しさがあることを来夏はここで暮らすようになって知った。自分が思っていたよりもずっとずっと不器用な、男であることも。

「だから俺は大人になった今だから、再会出来てよかったと思っている。それと同時に、自分が小太刀の手を振り払っておきながら、隣に立つ遠武さんに嫉妬していた。もしかしたら俺があの位置にいたかもしれないのに、って」

「…」

「だから小太刀が遠武さんとつきあっていないって聞いて、正直…ほっとした」

「神保。今夜は、よく喋《しゃべ》るね」

「…緊張してるんだよ。小太刀のほうこそ、何か話せよ」

想いを告げる、具体的な単語はお互いに何も出ていない。だけど二人は同じ気持ちの、形のない幸福感に満たされ始めていた。

「神保と緊張って似合わないような…そうだ、俺も神保にお礼を言わないと」

「お礼？」

「俺が泥棒に間違えられないように、庇ってくれただろ。だけど、どうやって俺の部屋に入れたんだ？　神保に言われた通り、部屋には鍵をかけていたのに。浅井さんの荷物や松本さんの財布を俺の部屋から持ち出せたんだ？」

来夏に問われた神保は、ズボンのポケットから部屋の鍵を出して手のひらの上で広げた。

「ひとつは俺の部屋だけど…こっちのよく似た形はマスターキー。この鍵があれば、全部屋開けられる」

言われ、来夏は鍵と神保の顔を交互に見比べる。

「マスターキー？　なんで神保が持っているんだ？　大家や管理会社ならともかく、プライバシーの問題から一般の住居者には持たせないよな？　大丈夫なのか？」

首を傾げる来夏に、神保はあっさり告げた。

「大丈夫だと思う、俺大家だし」

「お…。お前が大家さんだったのか⁉」

神保は照れ隠しで、頷く代わりに顎を反らせる。

「伯父が不動産経営をしていて、俺に社会勉強しろって学生の時にこのシェアハウスを任されたんだよ。だからオーナー兼大家。伯父の会社に勤めるのに近いから、ここに住んでる。

古い住人…遠武さんや吉田さん、佐藤さんは俺が大家だって知ってるけどな」

「なんで言わないんだよ⁉」

「訊かれなかったから」

そういえば神保はそういう男だったと、来夏は片手で頭を抱えた。

「…。普通、お前が大家だとは思わないだろ…」

「遠武さんに聞いて、知ってると思ってた。小太刀がここで暮らし始めてから、先住の皆が快適に暮らせるように随分骨を折ってくれていたよな。本当は管理人兼大家の俺がしなくてはならないことも、嫌な顔しないで。助かった」

「嫌なことなんか、してないし。家の中が片付いたり、共用の場所が綺麗になったりするの、気持ちがいいだろ？　自分も使うところだし」

それだけではないと知っているから、神保は首を振る。

「片付けない浅井さんの食器も、いつも洗ってただろ。浅井さん、助かるって俺に言ってた。市川さんにしても会社からの仕打ちに疲れきってずっと険しい表情だったのに、今はよく笑うようになって、他の住人と話もしてる。今の仕事の整理が出来たら、転職するって」

「…そうか」

市川の転職の話に、来夏はほっとする。

「吉田さんはマイペースの人だし…唯一の女性の佐藤さんも…お前のこと可愛がってるだろ。

珍しいんだ」

「珍しい？　どうして？」

「あの人男、嫌いだろ…。先住の遠武さんには普通だけど、その他には、割と厳しい」

「初めて会った時から、親切にしてもらってたけど…着替えの手伝いとか」

「男としては、羨《うらや》ましい」

「いやあ…そういう意味では、男扱いされてない気が…。神保が、このシェアハウスの大家さん…そうか、それで」

言われ、来夏はようやく合点《がてん》がいく。

「？」

「俺がこの家で暮らすことを許してくれたのも、神保だったのか。最初に玄関のホワイトボードに、俺が仮入居する旨を書いたのも、神保なんだろう？　ずっと謎だったんだ」

「謎？」

来夏は頷き、宙に自分の名前を指で書く。

「俺の苗字《みようじ》は読みとしては簡単だけど、使ってる文字は珍しい。大家さんは最初から『小太刀』って書いてた。だけどボードは遠武さんの文字じゃないし、わざわざ誰かに伝えて書いてもらうのもおかしい。言われてみれば、確かに神保の字に似てた」

「…あれは、俺が書いた」

「だろ？　それから日用品の差し入れに入ってた、陶器のカトラリー。金属の食器が少し苦手なのは、遠武さんも知らない。俺は社会人になってから、そのことは誰にも言ってない」

「高校の時授業で使うからって、小太刀だけ陶器のスプーンを持ってきたことがあっただろう？　その時に、小太刀が金属製の食器は口当たりが苦手なんだと話してたのを思い出して。偶然もらい物があったから、持ってきたんだ」

「…うん。ここへ越して来てからずっと、そうやって神保は俺のことを気にかけてくれていたんだと知って嬉しかった。嬉しくてたまらなくて…神保を、また好きになってたことに気付いたんだ」

「小太刀…」

ひとつひとつはささやかなもので、ともすれば見過ごしてしまうような小さなことだ。神保も、来夏に気付いてほしくてやったことなどひとつもないだろう。

だからこそ来夏は、彼の不器用な親切と心遣いに惹かれていた。

神保へと二度、恋をしたのだと判る。

「本当に、嬉しかったんだ。部屋に鍵をかけておけって注意してくれたのは、俺を信用してくれてるのかって。そうか、神保は俺を犯人とは疑ってないんだなって」

「小太刀じゃないことは判ってたし」

「いつ」

「遠武さんがくれたカップが、割られていただろ。うっかりの可能性もあるが、丁寧な扱いをする小太刀が簡単に食器を割ってしまうとは思えなかった。もし仮にカップを割ってしまっていたら、新聞に包むとかしてきちんと片付けているはずだ。だけど小太刀は外にある不燃ゴミの場所も知らなかったし、割れたカップは剝き出しのまま捨てられていた。佐藤さんの指輪にしても、彼女は部屋から持ち出していないと言っていた」

「…名探偵？」

来夏は感心して言ったのだが、神保は苦虫を噛み潰したような表情を見せた。

「違う。もし本当に小太刀が犯人だったとしたら、やりかたがずさん過ぎると思ったんだ。遠武さんの出張を狙ってなんていかにもそれっぽいが、すぐに盗まれたと判るような行動をお前が取るとは思えなかった。鍵をかけておけと言ったのは、物を盗まれないようにするためではなく、犯人に仕立てられないようにと思ったんだ」

「もしかして俺…、神保に高く買われてる？」

照れ臭そうな来夏に、神保はふん、と鼻を鳴らした。

「倒産を聞いた同業他社からひっきりなしに声がかかって、断るのに難儀《なんぎ》してる男を安く見積もってどうするんだ…元同僚の仕事の世話もしてただろう。会社にいた当時も相当やり手だったって、遠武さんが話していたのを覚えてる。まさか小太刀とは思わなかったが」

「それは…俺も。年下だけど、面白い同居人の友人がいるって遠武さんから話を聞いてた。

対照的だけど、俺とウマが合うかもって。まさか神保だったなんて」

それから、二人の間に沈黙が流れる。だけど、気まずい空気ではない。

神保は意を決し、顔を上げた。

「本当に今更だが。高校の時、俺に告白してくれたお前に対して酷い態度を取った。…あの時、クラスメイトが覗いていたのに気付いていて、嫌がらせで俺に無理矢理告白させられていると思ったんだ。そうとしか、思えなかった」

「神保」

「手酷い返事にすればお前をけしかけた連中も満足して、こんな無理強《むりじ》いをさせられなくて済むと思って。…あれが小太刀に会える最後になるとは思ってもみなかった。本当に俺に告白してくれていたなんて、こうして再会するまで知らなかった」

神保を見つめていた来夏は、困ったように首を傾げた。

「俺また、神保に嫌な思いさせたかな。…それに、ごめん」

「？　どうしてここで謝るんだ？」

本当に判らなくて首を捻《ひね》る神保の薬指を、来夏は指差す。

「神保にはもう、愛している人がいるのに？」

「え？　あ…」

来夏の指摘に、神保は指輪の嵌《は》められている自分の左手を上げた。

「結婚している奴に告白したら、横恋慕《よこれんぼ》だろ…」

「違う小太刀、これは偽装指輪《ぎそうリング》だ。俺は結婚なんかしてない」

「え…？」

神保は頷き、繰り返す。

「俺は誰とも結婚していない。していたほうが仕事で変に言い寄られたり、縁談話を持ってこられないで済むだろうって、伯父の勧めでしているんだ」

「そうなのか⁉」

「俺に伴侶のはの字の気配もなかっただろう…」

実際指輪の効果は大きく、ここで暮らすのにも何かとトラブル回避になっていると神保は付け加えた。

「俺、ずっと…神保は結婚してると思って…」

「言わずにいたから、騙す形になってすまない。俺は恋人もいないよ」

「…」

「何度も言うけど、俺は小太刀の告白を拒んだことを本当に後悔した。今でもしてる。あの時の自分はあまりに幼すぎて、男に対して恋愛感情を持つことが許されることを知らなかった。女性とつきあったこともあるが、その度に最後に見た小太刀の泣きそうな表情を思い出して…結局は巧くいかなかった」

「神保が？」

「そうだよ。誰かを好きになって判る、気持ちを伝えるのは本当に勇気が必要で…相手が同性なら尚更。それが判ってから、俺は小太刀を尊敬している。俺はずっと謝りたかった」

重ねられた神保の言葉に、来夏はやや下に目線を落として首を振る。

「まだガキだった俺は、告白された神保がどんな気持ちになるのか考えようともしないで、感情のままをぶつけたに過ぎないよ。…だけど、ありがとう。ずっと宙ぶらりんだった俺の気持ちを、やっと神保に見つけてもらった気分だ」

「小太刀」

顔を上げた来夏は、晴れやかで穏やかな表情を浮かべていた。

「判らなくて苦しくて後悔に泣いたけど…でも、今はそんな自分が過ごしてきた時間や抱いた感情ですら愛おしいと思える。何度も言うけど、そのことがあったから俺は遠武さんと知りあえて…こうして神保に再会出来た。それだけで俺は嬉しいから、だから神保は俺に謝らなくてもいいんだ」

「俺は…今なら、あの時から小太刀を好きだったのだと判る。そして今も」

「…！」

神保は驚きに目を見開く来夏の手を、そっと握る。

「お前が好きだ、小太刀。お前が…遠武さんを好きでも、この気持ちは変わらない。だけど遠武さんから奪いたいとか、そんなつもりじゃない。…ただ、気持ちを伝えたいと思った。高校時代の小太刀も、きっと今の俺と同じ想いで告白してくれたんだろうな」

そう言って神保は泣き出しそうな、照れ臭そうな表情で笑った。

来夏は指にそっと力を入れて、神保の手を握り返す。

「…手酷く振られたことが、ずっと俺のトラウマになって。誰かに誘われても、怖くて自分の本当の気持ちを相手に預けられなくなってた。優しい人もいたし、マイペースな人もいた。どんな人も人間として魅力的だった。好きなのに、好きになれないんだ」

「…」

「好きなのに、相手を傷つけてしまうことが辛くて苦しくてたまらなかった。俺は告白したことで神保を傷つけてしまったとずっと思っていて、その報いだと自分に言い聞かせてもやっぱり辛くて。…そんな時に遠武さんと知りあった」

「小太刀」

もう大丈夫なのだと、来夏は小さく握っていた手を揺らす。

繋いでいる手が、あたたかい。

記憶の中でずっと泣いていた、過去の来夏《自分》が笑っている。

記憶の中で後悔していた過去の神保《自分》が、やっと来夏に謝ることが出来て安堵している。

そして現在で、二人はやっと何も飾らない自分自身の気持ちに向きあえていた。

「時が過ぎ、年齢を重ねることで修復されることもあるんだね。ただ年を取るだけで大人になっても何一つ変わらないって思っていたけど、違っていた」

「あぁ」

来夏は自分の手元を見つめてから、話し出す。

「…遠武さんと最初に会ったのは、仕事じゃなくて。いわゆる…同じ趣味の人達が集まるバーだったんだ。ただ酒を飲みに来る人もいれば、恋人や…一夜の恋を探す人もいる。そこにいると自分を隠す必要がないって教えてもらって、初めて店に行って遠武さんに会った」

「会ったのは、仕事じゃなかったのか」

「うん、仕事で偶然再会したんだ。その店のカウンターで飲んでいたら、横に来て声をかけられた。雰囲気がお前に似てて、驚いた。一緒に酒飲んで楽しくて…飲み過ぎて、遠武さんに自分の身の上話をしているうちに、神保に振られたことまで話して…泣き崩れちゃって」

「小太刀が？　初対面だった、遠武さんの前で？」

「そう、大泣きだったよ。俺はその時も神保に振られたことがずっと辛くて…気持ちの下に押し殺していたから。そんな気持ちを、遠武さんは見抜いて…話を聞いてくれたんだと思う。プライベートで会ったのはその夜だけだったけど、遠武さんに傍にいて話を聞いてもらって、どれだけ救われたか。振った相手の名前までは、遠武さんには言わなかったけどね」

だから三者それぞれ互いに知りあっていながら、相手のことだとすぐに判らなかった。

「…そうだったのか」

「遠武さんは、立ち直れないでいた俺の傍にいてくれたんだよ。無条件でこんなふうに手を繋いで、大丈夫だからと慰めてくれた。遠武さん…背格好が、神保に似てるだろう？　俺は…きっと遠武さんにお前を重ねることで、お前に許されていると傷を癒したんだと、思う」

「…！」

「多分、遠武さんもそのことに気付いていたんじゃないかな。同性を好きになる苦しみを、あの人もずっと抱えていたから。だから遠武さんには好きとか嫌いとかの恋愛感情以上に、精神的に支えてくれた…人間としての恩義というか、そういうのがある。遠武さんから向けられた愛情を返せればよかったんだけど…告白されても、俺は応えられなかった」

「…小太刀」

遠武は来夏に告白していたのだ。だから、お見合いの話に来夏に相談もせず、一人で苦しんでいた。彼の性格であれば、交際していなくても最善の選択を一緒に考えただろう。

そして遠武を励まし、元気づけたはずだ。

「遠武さんはずっと待っているって言ってくれたけど…好意はあっても、恋愛感情として遠武さんを好きにはなれなかった。ずっと優しくしてもらったのに…それだけはどうしても。うやむやのままでいたけど…遠武さんにちゃんと、言うよ。気持ちの整理をするから」

「…そうか。俺も、遠武さんに話をする」

神保は、励ますようにそっと強く来夏の手を握り返した。

「けじめとして俺、この家を出たほうがいいかな」

「なんで。遠武さんに遠慮して家を離れるなら、俺も離れることになるけど」

本当にそう思っているらしい首を捻る神保の様子に、来夏は思わず苦笑してしまう。

「いや、俺と神保では立場が違うだろ。…大家特権って言われたらどうするんだよ」

「そのための大家だろ。…多分、遠武さんはそれを望んでいないし大丈夫だと思うが」

「だといいけど」

神保は改めて、来夏の前で両手を広げた。

だけどいつも不遜《ふそん》な彼らしからぬ、遠慮がちな仕種だ。

「…抱き締めてもいいいか？」

「う、うん…」

頷くのを待って、神保は両腕をまわして来夏を抱き締める。来夏もまた、広い彼の背中へと手をまわした。応じて、もっと腕の力が強くなる。

「あのね、神保。何年越しか数えたくないけど…俺、初恋が叶ったよ」

「それを言うなら、俺も同じだ。自覚したのは、こんなに経ってからだけどな」

「…」

来夏が小さく笑い、神保もまたつられて笑みを零す。

「こんなふうに、お前と笑いあえる日が来るなんて、思わなかった…んぅ」

来夏の言葉は重ねられた神保の唇によって封じられ、最後まで続かなかった。


週末になり、予定が押した遠武が久し振りにシェアハウスへと帰宅した。

帰って来てすぐ、来夏は遠武の部屋を訪れた。

事前に話がしたいと伝えていたので、淹れたばかりのコーヒーを携えて来た来夏を遠武は無条件で迎え入れ、部屋へ通している。

遠武もまた、来夏に話があると伝えていた。

…遠武が不在の間、この家で何が起こっていたのかは神保からの電話で聞いている。

「悪いね、散らかったままの部屋で」

「いいえ、帰って来てすぐに押しかけてしまってすみません」

来夏が遠武の部屋に入るのは、これが初めてだ。間取りは神保の部屋と同じ作りになっている。ベッドの上には、出張で使った鞄がそのまま投げられていた。

「私も小太刀さんに話したいことがあったから、気にしないでください」

何も言っていないが、これまでの二人の間柄を変えてしまう話だとお互いがなんとなく察している。そして、その流れを食い止められないことも。

「随分《ずいぶん》疲れた顔をしてますよ。お仕事、忙しかったんですか？」

遠武はトレイから来夏が淹れてくれたコーヒーのカップを手に取る。お気に入りで自分が購入してお裾分けした豆だが、今では来夏のほうがずっと上手に淹れてくれていた。

この心地好い時間が、遠武にとって何よりも大事だったのだが。

「…少しね。さて、どちらから話をしようか。私は後からでもかまわないけれど」

遠武がカップを取ったのを待って、来夏もトレイから自分のカップを手にした。

仮引越祝いにと贈ったカップは、出張中うっかり割ってしまって申し訳ないと来夏から聞いている。その後に神保からカップは来夏が割ったのではなく事故で割れてしまったと報告を受け、つい昨夜今度は松本から全ての経緯が記された謝罪のメールが届いていた。

神保への憧《あこが》れから嫉妬し、心ないことをして陥れようとした詫びの文と共に書かれた松本からのメールは、心を砕いて接してくれた来夏への感謝の気持ちも綴られていた。

今来夏が使っている淡い桜色のカップは、佐藤がくれたものだという。

自分は白を贈ったが、淡い桜色のカップも来夏の手におさまりよく似合っている。

窓辺に立って綺麗に手入れが行き届き始めた庭を見ていた遠武へ、来夏はきりだした。

「…じゃあ、俺から先にお話しさせてください。俺、神保の…神保さんのことが、好きです。だから遠武さんとおつきあいすることは出来ません。すみません」

そう言って来夏は、ぴょこんと子供のように頭を下げた。

「俺、遠武さんがいてくれたから、ここまで立ち直れました。感謝しきれません。こんな形で返事を出してしまって、ご恩を返すことが出来ないのが本当に心苦しいです。だけど…俺は遠武さんにだけは、嘘はつきたくないです」

「小太刀さん」

「前にお話しした…俺が高校時代に告白して振られた相手は、神保さんだったんです」

「…！」

「彼と話をして、どうしようもなかったことだと判って。そして俺は、彼のことをまた好きになっていたことを自覚しました。…だから、神保さんの手を取ることは出来ないです」

「ずっと好きだったのではなく、また好きになっていた…ですか？」

「そうです」

ぎゅっと握り締めて告白する来夏の手が、力が入り過ぎて震えているのが判る。

遠武は一口コーヒーを飲み、小さく息を吐き出す。

「実は私、出張の前に実家に行ってお見合いしてきたんです。まあ親の勧めなんですが」

「え？」

それ以上は察しろと言わんばかりに、遠武は静かな笑みを来夏に向けた。

「これが潮時《しおどき》なのかもしれないですね。私はずっと小太刀さんがしあわせになってくれたらと思っていました。その時に一番近くにいたいと願っていましたが」

叶わない願いになってしまったのだ。

「遠武さん」

「小太刀さんの口から、…誰かを好きだという言葉を、初めて聞きましたよ」

「…そう、でしょうか。そうかもしれないです」

「少し安心しました。そして私も自分から告白しておきながら、見合いをしたことを事前に言えずにいて謝ります。だから…小太刀さんもしあわせになってください、今度こそ」

「遠武さん…」

「自分の心だけは、自分自身でもコントロール出来ない。だから、嘘がないんです。感情や理性や、打算的な『気持ち』で判断や行動が出来ない。小太刀さんが心から誰かを好きになって、しあわせになりたいと願うならその気持ちには従うべきです」

遠武は、大人だった。だから色々な言葉を飲み込んでしまう。

これまでに来夏を求める行動に遠武が出ていたとしたら、状況は今と違っていたはずだ。来夏は遠武を受け止め、神保に強く惹かれながらも求められた手を離すことはしなかっただろう。来夏は遠武が知る誰よりも義理堅く、情愛深い。

だが遠武はそうしなかった。いくらでもチャンスはあったのに、来夏を組み敷くことも来夏から自分に跨《また》がせることもさせなかった。

「うーん…今思うと、最後のチャンスはあのパウダールームで抱き締めた時だったのかな」

惚ける遠武に、来夏はぎこちなく頷きながらも正直に告げる。

「おそらくは…多分」

あの時求められるまま遠武の部屋に行っていれば、二人は結ばれていたかもしれない。

ノックされたドアを素直に開けていたら、神保への気持ちは強くならなかっただろう。

だがもしそうなっていたら、遠武は避けられない見合いの相手と板挟みになり、今以上に苦しむことになったはずだ。

彼自身知らなかったとは言え、遠武にそうさせなかったのは他でもない来夏だった。

来夏はこんな形で、何度も遠武を救う。だからこそ、来夏に惹かれたのだ。

だから今が最善だったのだと、遠武に思わせてくれる。

「小太刀さん…あなたは、優しい人ですね」

来夏を好きになり、同性を好きでいることに救われた。

違う形でも、いつかしあわせは見つけられるだろう。来夏がそうであったように。

「遠武さんの優しさには、かなわないと思います」

「私は、あなたを好きになってよかった。ここへ小太刀さんを招いたことも、後悔はしていません。だから私とは友人に戻っても、この家を出て行くとは言わないでください」

遠武の気遣いに、来夏は感謝の気持ちのまま深く深く頭を下げる。

「ありがとうございます。俺も…遠武さんがいてくれたから、あいつを…神保の気持ちに向きあえました。過去にあった辛いことを、未来という形で修繕することも出来ました。人を好きになることでしあわせになる気持ちを、遠武さんが俺に教えてくれました」

「…私も同じ気持ちです。あなたと志津香をひきあわせ…この場合は再会、かな？　させたことを後悔させないように…彼と、しあわせになってください」

来夏は小さく頷き、そして静かに遠武の部屋を後にした。

ドアが閉まる音を聞きながら、遠武は再び窓越しに広い緑の庭を見る。

来夏が熱心に手入れをしてくれて、今ではすっかり綺麗に整えられている庭にはもう冬の気配がしていた。

来夏ならすぐにでもよりどりみどりで就職出来るのに、恐らくはこの家の手入れをするために先延ばしにしていてくれたのだろう。

自分の口からはけしてそうだとは言わないが、来夏はそういう人間だった。

「…もうすぐ冬か。落葉樹が多いから、落ち葉を掃除するのも大変だな。声をかけて、皆で綺麗にしよう」

遠武は呟き、もう一口来夏が淹れてくれた冷めて少し苦いコーヒーを飲んだ。

来夏がシェアハウスで暮らし始めてから一ヶ月後、正式に入居することが決まった。

「…ということで、改めて小太刀さんの歓迎会をしよう」

そう提案したのは遠武からで、金曜日の夜に一駅向こうのレストランを貸しきりで手配し住人全員の参加で食事会になった。珍しいことに、浅井や松本も参加をしている。

神保は仕事で遅れると連絡があり、後からの参加になっていた。

「我らの家にようこそ、小太刀さん」

年長だからと言う理由で市川が乾杯し、歓迎会が始まる。

食事はコースを頼んでいるが、飲める大人が多いのですぐに酒がメインになっていた。

会費も事情を聞いた大家からの特別出資と、シェアハウスの積立金で賄《まかな》えてしまったために住人達も心置きなく歓迎会を楽しんでいる。

「なるほど、だから全員参加になったのねえ。タダのお酒は美味しいもの」

主役の隣に座って機嫌良く酒を飲む佐藤に、主賓《しゅひん》であるはずの来夏が酒を注ぐ。

「俺のために仕事も休ませてしまってすみません。金曜日ってお店忙しいんですよね？」

申し訳なさそうな来夏に、佐藤はヒラヒラと手を振って笑った。

「あぁん、いいのいいの。有休消化しないとオーナーに怒られてしまうから『何故この日に有休取るんだ!?』ってタイミングで取るのが愉《たの》しいのよぅ」

「意外と言えば失礼ですけど…有休あるんですね」

「あはは、ウチの店は少し変わってると思うわ。風俗ではあるけど、オーナーの主義で福利《ふくり》厚生《こうせい》とか凄くしっかりしてるの。お店に入ってくる子に性教育とか…学力向上も含めた社員教育の啓蒙《けいもう》活動にも力を入れてくれてて、必要なら他の業種でも仕事が出来るようにって資格も取らせてくれたりするのよ」

「それは…本当に変わってますね。物知らずで申し訳ないですけど俺、初めて聞きました」

「でしょ。私も今のお店に移って初めてよ。そこのオーナーは羽根井《ハネ》さんって言う人なんだけど、いくつもいろんな事業手がけてて…特に性マイノリティで苦しんで、こういう仕事に就くしかない私達の支援もしてくれてるの。勤めてるお店も、その受け皿の一つよ。この歓迎会、どうせなら私の勤めてるお店に来てくれてもよかったんだけど…」

気持ちがいいくらい酒をぱかぱか呷《あお》る佐藤に再び酒を注ぎ足してやりながら、来夏は苦笑いを浮かべた。向かいの席では、あれほど仲の悪かった浅井と市川が談笑している。

聞けば浅井は執筆に苦しんでいた原稿が無事にあがり、市川も会社に退職を告げて具体的な身辺整理を始めたという。

双方に気持ち的な余裕が生まれたことで、関係の改善が出来たようだった。

「いやでもえーと…たしか佐藤さんのお店って」

「女の子が女の子と遊ぶところよー。女性同伴なら男性も入れるけど、極悪割高なの」

「…ですよね。語尾にハートマークが見えるくらいそんな悪びれない口調で…」

思わず頭を抱えた来夏に、佐藤はほほほ、と高笑いしてみせた。

「遠武さんと神保さんも来てくれたことあるのよー。凄い紳士だったわ…いろんな意味で」

「…想像がついて、苦笑いしか出ませんが」

「うん、多分想像通りよ…。ねぇ、来夏ちゃんも飲みなさいよ」

「飲みますよー。神保さんが来てから一緒に飲むつもりです」

「あら何、また神保さんに介抱《かいほう》させるつもりなの？　意外とやるわね…」

まだ酒を一口も飲んでいないのに、神保の名前を聞くだけで体中に甘く痺れが走るようだ。

今まで恋愛をしていた中で、こんなふうに不安を感じない想いは初めてだった。

「…違いますよ、俺と小太刀さんでどっちが酒飲めるかって話になって、今度飲み比べしようと約束してたんです」

「神保さん」

「遅いわよ！　もう始めてるからね」

背後から聞こえた声に来夏達は振り返ると、今来たばかりの神保がスーツ姿で立っていた。

佐藤にグラスを手渡され、神保は水を飲むようについ空けてしまう。

「あ…しまった。小太刀、もう飲み始めちゃった？」

「神保待ちだったよ」

「悪い、小太刀。まだ飲んでないなら、ちょっと運転手してくれないか。仕事場に忘れ物したんだ。ついでに家にも寄って」

片手を上げて頼む神保に、すぐに来夏が立ち上がった。

「なあにー？　主役連れて行くの？」

「今、うっかり飲んじゃったからですよ…。ここで飲んでないの、小太刀だけだし」

「タクシー使う？　呼ぶよ」

遠武の申し出に、神保が苦笑いしながら肩を竦める。その間に来夏は、帰るために自分の上着を羽織っていた。

「タクシーで会社まで戻ったら、嫌味言われますよ。週末だけど皆、まだ残業してるし。…すみませんが、小太刀さんをお借りします。皆さんで愉しんでください」

神保は再度参加者達へ丁寧に謝り、来夏と共に店を後にする。

「金曜日の夜にも忙しいなんて、大変だな…神保？」

運転席に座る来夏を腕をのばして抱き寄せ、そのまま唇を重ねた。

店の裏手にあるレストランの駐車場に街灯はあるが、それほど明るくはない。こんな車内なら、誰かに気付かれて見られることもないだろう。

唇を寄せたまま、神保は熱っぽく囁く。

「小太刀…このまま、家に帰ろう」

「シェアハウスで暮らす、唯一の弊害《へいがい》とも言えるが。今夜を逃したら、あの家で二人きりになれる日はいつになるか判らない。そのために、小太刀に運転手を頼んだんだ」

「…！」

その言葉の意味を察し、来夏は羞恥で頬を染める。

「だけど、もし…誰かが帰ってきたら」

「絶対大丈夫。俺達がすぐに戻ってこないと判ったら、遠武さんが朝までコースにして住人達を帰さないよ。俺と違って、遠武さんは野暮を絶対したくない人だから」

「凄いな。いつ、そんなこと思いついたんだよ」

どこにそんな根拠があるのか、自信たっぷりな神保の様子に来夏はつい笑ってしまう。

そんな来夏の手に、神保は手を重ねた。

「今日一人で昼飯食ってて、そう言えば…って。どうする？　俺と一緒にこのまま帰る？」

「帰るよ、勿論」

来夏に簡単に頷かれ、驚きながらも先に抱き締めたのは神保のほうだった。

「いいの？　あのまま二人を帰しちゃって」

来夏の反対隣に座っていた遠武は、空いてしまった来夏の席に来て酒を注いでくれた佐藤へ鷹揚《おうよう》に頷く。

「いいも悪いも…。小太刀さんはともかく、あんなどこか必死そうな志津香は滅多に見られないし。私は野暮が嫌いですよ。そういう佐藤さんも、もう小太刀さんの席に来てる」

「うふん。…ん？　確かに私も野暮は嫌いだわ。なんか焦れったかったけど、結局くっついちゃったのねえ。…ん？　くっつくのはこれからでしょうけど」

「少しはしたないですよ、佐藤さん」

「女子は、はしたないくらいが可愛いのよ。…いいなあ、私も好きな子に告白しようかな」

「いいんじゃないですか、クリスマスにもまだ間に合いますし。佐藤さんが好きになるような女子なら、きっと可愛いでしょう」

佐藤はテーブルに頬杖をつきながら、穏やかな表情でグラスを傾ける遠武を横目で窺う。

「敢《あ》えて女性と言わずに女子と言うところが遠武さんらしいなあ。…ねぇ本当は遠武さん、お見合いしたことはしたけど…小太刀さんのために断ったんでしょ？」

「…」

澄ました表情で肩を竦めた遠武は、佐藤の言葉を無言で肯定する。

佐藤は半ば呆れた溜息をついた。

「…やっぱり。遠武さんはそういうところ、癪《しゃく》に障《さわ》るくらいスマートよね。本当は彼のこと、本気で好きだったんでしょう？」

「彼に言わずに見合いをしたことは、裏切り行為に等しい。当然の報いかと」

遠武は見合いはしたがその話を断ったことまでは、来夏に告げなかった。

言えなくなってしまった、というのが正しい。

「ふられたほうが格好いいなんて、初めてよ。私、遠武さんのそういうところが嫌いじゃないから、あの家から出て行きたくないのよねえ」

「褒め言葉と受けとめますよ」

だが遠武は後悔していなかった。清々《すがすが》しいほど、言わずによかったと思っている。

「私は誰かのしあわせのために自分を犠牲にする人はバカだと思っていたけど、遠武さんを見ていたら考えを改めるわ。バカには違いないんだけど、誰かのために頑張った人は、頑張った分だけしあわせになるべき。…だから遠武さんも、いつか素敵な人を見つけてね」

「ええ、そうするつもりです」

呷った遠武のグラスへ、佐藤は彼を励ますために自分のグラスを軽く重ねて乾杯する。

チン、と心地好く響いたグラスの音が、傷ついた遠武の心に優しく沁《し》みた。

「とりあえず今夜あの二人のために、朝までここで皆で飲み明かしましょう？　予算オーバーしても、きっと大家が気前よく払ってくれるでしょうし…あ、いいこと思いついた。御祝いにこの店で一番いいお酒開けちゃわないこと？」

艶《あで》やかだが人の悪い笑みでそう提案する佐藤へ、察した遠武も大仰《おおぎょう》に頷く。

「なるほど…それは名案。この店はヴィンテージワインの中でもいいのを置いてますから、いい祝いになると思いますね。店のワイン蔵を空にするつもりでいきましょう」

「でしょ？」

提案は悪戯《いたずら》好きな彼女なりの慰めであり、励ましだ。

遠武は小さく安堵の息をつく。いたわりの気持ちが自分で感じられるなら、まだ大丈夫。

今はまだ酷く胸が痛むが、来夏を愛していた想いが遠武の次の恋を支えるだろう。

遠武は穏やかに笑いながら、ワインを注文するため手を上げて店のオーナーを呼んだ。


「ふぁ…あ…」

神保と二人きりで戻った家は広く、そして静かだった。

先に神保がシャワーを浴び、そして戻って来た来夏にドアを開けて部屋へ招き入れる。

「…自分の部屋に、誰も入れなかったって聞いた」

「この部屋に入ったことがあるのは、遠武さんぐらいだな」

「でも」

その神保から来夏のパソコンを預かり、持って行けと鍵を預けられた。

「…そうだ、ごめん。小太刀に謝らないと」

「？」

ドアの前で来夏に口づけていた神保は思い出し、顔を覗き込みながら小さな声で謝る。

「小太刀の部屋に勝手に入って、松本さんが隠した荷物を持ち出したから」

「いいよ、そんなの。そのお陰で、俺は誤解されずに済んだ。俺がお礼を言うほうだ。…だけど俺、松本さんの気持ちは判る気が…する」

「そうか？」

眉を寄せる神保の頬に触れながら、来夏は頷く。

初めて神保に触れるのに、ずっと以前から知っていたような気がするぬくもりだ。

否、これが初めてではない。自分が酔い潰れた時、神保に触れている。

「彼は神保が好きだったんじゃないかな、って思ってる。俺が神保に想っていたような…恋愛感情とは違うかもしれないけど、憧れとか尊敬みたいな気持ちはあったはずだよ」

「根拠は？」

重ねて問われ、来夏は僅《わず》かに視線を泳がせる。

「彼を介抱した時、泣きながら『もしこれが神保さんだったら、俺とは違う正しい判断したかな』って何度も繰り返してたから。あぁ人生の先輩としても神保を見てるんだな、って」

「…俺なんか参考にしても」

「強そうに、見えるからじゃないかな。実際強いし」

「強い？　俺が？　どこが？　マイペースなだけだぞ」

信じ難いという表情の神保に、来夏は苦笑するしかない。

「強いだろ、神保はブレないし。あと…目力というか、瞳が強い。そうじゃないって知ってからは楽になったけど、俺はいつも睨まれてるような気がしてた」

「睨んでない。俺…つい、じっと見る癖があるんだよ。別に視力が悪いわけじゃないけど」

神保は気になる相手にしかしないと言いかけ、さすがに恥ずかしくてやめる。言ってしまったら、ずっとそんなふうに来夏を見ていたと告白してしまうことになるからだ。

「うん、自分に自信がない時はそういうところが酷く強く見えて、安心するんだよ。今なら神保が自分で言う通りマイペースなんだなー、って判るけど。マイペースってことはやっぱり自分をしっかり持ってるってことだから」

「うーん…それで小太刀はなんて答えたんだ？　俺はそっちのほうが興味あるが」

「俺？　別に…たいしたことは言ってないよ『神保が選んだかもしれない選択が、松本さんにとって正解とは限らない。仮定形未来で神保に救いを求める必要はない』って」

「俺に言わせると、小太刀の言葉が一番正解だと思うが。どんなに憧れたって、他の誰かにはなれないんだから」

神保らしい言葉に、来夏は天井へと人差し指を立ててみせる。すっきり整った来夏の指先に、神保はずっと触れてみたいと思っていた。

「憧れが自分の中で強さに変換されて、頑張る指針にはなるんだよ。たとえば…夜空の星見てると、慰められたり励まされたりするみたいに。いてくれるだけでいいって気持ち」

「星を見上げたりしないしな」

「…だからそういう奴が強いって言うんだよ。辛くて、下を向いたら涙が出そうだから、空を見上げることしか出来なくなった時に…そこに星があるんだよ。輝いていて綺麗で、でもそれだけ。なのにその星空に慰められる。もし見上げなかったらその星に気付けなかったと思うと、苦しい気持ちは無駄《むだ》じゃなかったって思え…なあ、俺の言ってること変か？」

来夏の話を聞きながら、神保が自分の口元を押さえながら肩を震わせている。そんなに変な話をしてしまったかと訝《いぶか》しげな来夏に、神保が手を上げて詫《わ》びた。

「変じゃない。俺なんかよりもずっと、小太刀のほうが強くて…優しいと思う。辛い気持ちを、心が軋《きし》む痛みを小太刀はちゃんと知っているから強いんだな。だから好きになった」

「…！　お前…真顔でよく、そういう言葉が言えるな。聞いている俺のほうが恥ずかしい」

本気で恥ずかしくて、来夏は神保から離れるように腕をのばす。だが本気ではないから逆にドアを背に抱き締められ、さっきよりもずっと体が密着する。

同じボディソープを使っているのに、湯あがりの相手からいい匂いがしていた。

「お前鈍そうだし、はっきり口にしたほうがいいと思って。それに『俺みたいな恋愛感情』って先に言ったのは小太刀からだ」

「う…！　そこはスマートに聞き流してほしかったけど」

だから早く相手に触れたい、もっとその匂いを知りたいと思うのに、焦る気持ちを知られるのが恥ずかしくて他愛のない言葉を探してはきっかけを待ってしまう。

「…いや、訂正する。鈍いのは、小太刀じゃなくて俺のほうか。俺は自分の気持ちにも、気付かなかった」

「神保」

「だから口に出して、ちゃんと相手に伝えようと決めた…んだ、さっき」

正直過ぎる神保の告白に、来夏はこみあげてきた気持ちのまま笑みを零す。

「決めたのはさっきなんだ？　恋愛とか巧そうなタイプに見えるけど」

「つきあった奴はいても、飢《かつ》えるほど相手を求めるくらい好きになった奴はいないな。…だから正直今、どうやって小太刀を求めていいのか判らないでいる」

「自分で誘っておいて」

「自分の部屋までこうして連れて来ててても！　…求めすぎて、壊してしまいそうで」

来夏はしあわせな想いのまま笑顔を浮かべ、神保の顔へと鼻を寄せる。

「壊しても、いいよ。神保になら、何されてもいい。だから今夜、ここにいるんだ」

「小太刀…」

来夏は本気で困っている様子の神保の両頬にそっと手を添えた。その手に、神保の手が重ねられる。寄せられる顔に誘われ、来夏はゆっくり目を伏せた。

深く、貪《むさぼ》るようなキスに溺れながら、二人は互いの背に両腕をまわして抱き締めあう。

布越しに感じる相手の体温の高さに、理性が溶けていくのが判る。

「受け入れる体に負担がかかる。それでも…俺は小太刀がほしい」

「俺も、神保がほしい。俺の中で、神保を感じたい」

「キスだけじゃなく、もっとお前に触れてもいいか？」

「俺はずっとずっと神保に触れたかった…許される日が来るなんて、思わなかった」

「小太刀…そうだ」

「？　あ…」

神保は抱き締めていた腕の力を一度緩め、左の薬指に嵌めていた指輪を来夏の前で抜く。

「たとえこれが嘘でも、嵌めたままで小太刀を抱けない。もう二度と、この指輪もしない。だって俺にはもう、小太刀がいるから必要ない」

誓いの言葉のように囁いた神保は、抜いたばかりの指輪を来夏の左の薬指に嵌める。

「神保…」

「そしていつか…この指に、俺の手で本物の指輪《リング》をお前に贈りたい」

「神保…！　勢いでそんなこと言って、後で後悔することになったら…！」

驚く来夏にそんなことにならないと判っているから、神保は全く動じない。

「後悔なんか一生分、お前に使ってしまった。だから絶対後悔しない…そうだろう？」

優しく訊き返されてしまい、来夏はぎこちなく頷くのがやっとだった。

「…知らないからな、本当に。もう勘弁してくれって言うまで、好きでいてやる」

「はは、望むところだ。お前に絶対後悔させないから、大丈夫。だから安心していいよ」

そう言って神保は、誓いのキスのように指輪を嵌めたばかりの来夏の左手の甲へと唇をそっと押しつけた。

体軀《たいく》差からサイズも合ってない、それでも来夏はこの指輪と神保の言葉が嬉しかった。

「ありがとう…神保。俺に…触れて」

来夏はありったけの勇気を出して、自分から布越しに神保自身に触れた。咄嗟にのばされた神保の手を取り、今度は自分自身へと導く。

大きな神保の手が包み込むように、触れた来夏自身をゆっくりと揉みしだいた。

「う…んぅ…」

その動きに敏感に反応し、来夏の腰が扇情的に引いて彼の手を受け入れて膝が開く。

「ぁ、あ…」

下半身の刺激だけでは足りず、二人は何度もキスを求めあった。

舌が絡みあう濡れた音が耳に淫《みだ》らに聞こえてくる頃、神保が耳を甘嚙《あまが》みしながら熱っぽく囁く。その刺激に来夏は感じて、可憐《かれん》に全身を震わせた。

「小太刀、ベッドへ行こう…」

神保に手を引かれ、ベッドの前で着ていた服を脱ぎ捨てる。

「神、保…！」

来夏が最後まで脱ぐのが待てず、神保は突き飛ばすようにベッドへと押し倒した。

少し柔らかいマットが倒れ込む二人分の衝撃を受け止め、僅かに沈む。

「ん…ぁ、あ…」

深いキスを何度も重ねる。何度キスをしても、汗ばむ肌の上に手を滑らせてももっともっとキスをしたくて触れたくて、二人は飽きることなく互いを求めた。

「上に乗って、重くないか？」

覆い被さる神保の重みを受け止めながら、来夏はゆるりと首を振った。

「平気だ、ずっと感じたかった神保の…重みだから」

そんな仕種さえ、神保には扇情的に見える。だから神保は彼に指を絡め、ベッドの上に縫いつけた。

「小太刀…高校時代に遂げられなかった想いの分も、今夜お前を愛したい」

自分を見下ろす真剣なまなざしに目眩を感じながら、来夏は喉を軽く仰《の》け反《ぞ》らせる。

その喉に、来夏の全てに触れたい神保は優しく口づけた。

「もっと奥まで俺に触れて、今夜初めて神保に愛されること俺に教えて。あの過去があったからこそ、今俺達がこうして結ばれること…感じさせて」

「いくらでも、小太刀。俺の全てで、お前に尽くすよ」

「うん、あ…あっ…！」

神保はその言葉が最後だと言わんばかりに自分の体で来夏の両膝を左右に開かせると、無防備になった中心へと顔を埋めて奉仕する。

初めての刺激に無意識に思わず逃げようとするのを、繋いだ手で許さない。

「んぅ…あっ…」

鼻に抜けて零れ落ちてしまう自分の声が無性に恥ずかしくて、来夏は自由になっている自分の片手で口元を押さえ、嬌声《きょうせい》を我慢しようとする。その手を、神保がやんわりどけた。

「小太刀…この部屋と二階の部屋は改築する前からある部屋だから、他の部屋よりも防音がきちんとしてる。だから最悪誰かが帰ってきても、ドアを閉めていれば外には聞こえない」

「神、保…」

「だから…小太刀がどれだけ甘い声で鳴いても、聞いてるのは俺だけだから。小太刀の濡れた声、俺にもっと聞かせて」

「…！」

神保は体を起こし、熱く勃《た》ちあがっている自身に来夏の手を触れさせる。触れた来夏は自身で慰める時のようにそのまま指を絡めて、扱《しご》き始めた。

「待って、小太刀…それするなら」

神保は奉仕の手をやんわりと止めると、来夏の体を起こして二人でベッドの上で向き合うように座る。そして来夏の細い腰へと手をまわすともっと下半身を密着させた。

「あっ…⁉」

「俺のと一緒に、い、して？」

自分の腿《もも》の上に来夏の膝を広げるように座らせた神保は、自身と来夏自身をひとまとめにして来夏の手で一緒に扱かせ始めた。

「神保…っ」

来夏の手の上を包み込むように神保の手があるので、実際は神保が来夏自身を追いたてている状態だった。だが屹立《きつりつ》する互い自身が敏感な部分を擦《こす》り、無意識に腰が揺れてしまう。

「小太刀、凄い熱っぽい表情だな…こうされると、気持ちいい？」

「お前の手でされてるんだ、ぞ…いいに、決まってるだろバカ…！」

「…！」

自分の手の甲を頰にあてるように赤らんだ顔を隠す来夏を、神保は下から覗き込む。

まるで子供の悪戯のような行為だ、だが好きな相手にされていると思うだけで脳の奥が痺れ、どんなささやかな仕種でも感じてしまう。

「…じゃあ俺を跨いで」

「ひぅ…っ」

神保は腰を挟むようにさせていた来夏の膝をもっと広げると仰向けになり、半分膝立ち状態で自分の上に座らせる。熱を蓄えて堅く張り詰めた神保自身が来夏の秘所を何度も擦るように行き来し、これから先にある結合への期待を煽《あお》った。

「一応訊くけど小太刀…経験は？」

恥ずかしくて来夏は、一度首を振る。目を開けて、自分の状況が正視出来ない。

神保は来夏を怯えさせないように人肌にあたためた潤滑剤《ローション》で十分に指を濡らして指を沈め、彼の秘所をゆっくりとほぐしてなるべく負担なく受け入れられるようにしてやる。

神保はすぐにでも押し倒して挿入を果たしたい衝動を抑え、焦らずにゆっくりと拡張させていく。今夜はまだ負担があるだろうが、これから夜を重ねていくうちにもっと深く愛しあえるだろう。互いの想いを伝えるために今夜はただ結ばれるだけでも、いい。

「全部するのは…んぅ…今夜が初めてだよ。してほしいって言われて、手ならあるけど」

「…」

耳まで紅潮させ、来夏は濡れた瞳で繰り返す。

「笑うなよ…今夜が初めて、なんだ。俺の初めての全部、神保のものだよ…」

「まさか、笑ったりなんかしない」

「うん…神保、指…もう…」

「大丈夫そう？」

「…っ」

短く頷いた来夏は、恥ずかしくて神保の首に縋りついて頷いた。

「じゃあ、いくよ小太刀」

「ん…ぁ、あああ…！」

神保は浮いた来夏の腰を支えて導くと、自身の先端を秘所の入り口へ押しあてゆっくりと結合を果たしていく。

初めて受け入れる神保自身にキツい程狭い秘所が悲鳴をあげるが、来夏は自ら誘導に従って腰を下ろしてかまわず深く繋がっていった。

「…もう、全部小太刀の中に入ってる。判る？」

「判、る…神保が、凄い熱い…」

秘所がひくつき、もっと奥へと神保を受け入れようと喘《あえ》いでいる。

神保は受け入れに呼吸がままならない来夏の背を撫《な》で、気持ちのいい部分を探すように優しく揺すり上げながら彼をあやした。

「それは俺も。熱くて、中で溶けそう…もう、強く動いて大丈夫？」

痛いのに、電流のような快感が何度も来夏の背筋を走り抜けている。

「うん…神保…ぁあ！」

体を起こした神保は来夏を抱き締め、髪やこめかみ、首筋へとキスの雨を降らせて緊張を緩めてやりながら、強靭《きょうじん》な腰で下から強く突き上げた。

さっきよりもはっきりと、感じて濡れた来夏の声が神保の鼓膜を震わせる。

「好きだ、小太刀…」

「俺も。…俺を抱いてくれて、ありがとう。余裕なくて、ごめん」

「これからも何度でも、こうしてお前を抱くよ。だから小太刀も俺を抱き締めてくれ。…必ずしあわせにする…俺を好きになってくれたことを、けして後悔させないから」

「…うん、神保…うん」

「だから泣くな」

涙が止まらない来夏の頬を、神保が優しく拭う。

「しあわせだから、泣くんだよ。好きだよ、神保…」

「俺も、小太刀。大切にするから…ずっとお前の傍に、いさせてくれ」

来夏と神保は見つめあい、誓いのように口づけをかわす。

それが合図になり、神保は全身で来夏を愛してやりながら律動を刻み始める。

来夏もまた、彼からの愛撫を受け止め、痛みを凌《しの》ぐ快楽を追っていく。

「小太刀…小太刀…！」

「ぁあ…んぅ…あっ…！　神保、もう…ぁ、あぁあ…！」

うねるように刻まれる律動に全てを任せていた来夏は、絶頂を果たして叩きつけるように肉襞《にくひだ》に感じた神保の射精を追うように、しあわせに満たされたまま彼の腕の中で果たした。

改めてシェアハウスの住人になった来夏はその夜、初恋の相手である神保と結ばれ、彼と共に甘く長い夜を過ごした。

気怠《けだる》くて心地好いまどろみから神保が意識を浮上させたのは、ずっと傍らにあったあたたかなぬくもりが離れたのを感じたからだった。

「…小太刀？」

子供のように眠い目を擦ると、来夏が自分の顔を覗き込んでいる。

「悪い、起こした」

「…まだ、五時前だぞ。もう起きるのか？」

言いながら神保は腕をのばし、来夏を自分へと抱き寄せた。

まるで猫を布団の中に優しく招き入れるような神保の仕種に、来夏も逆らわない。

「朝ご飯の用意、しようと思って」

「…。今日は皆、さすがに酔い潰れてると思うが。それ以前に、まだ店から帰って来てないかもしれないぞ。誰か、戻って来た気配あった？」

言いながら神保は来夏を自分の腕の中に抱いたまま、二度寝する気満々だった。

「この部屋は防音効果が高くて、ドアの外の気配が全く判らないんだよ…。多分、まだ誰も帰ってきてないと、思う…いや、思いたい」

自分が神保の部屋にいることを改めて自覚し、なんだか恥ずかしくなってしまった来夏は彼の胸へと顔を埋める。そんな来夏を、神保は優しく抱き締めた。

結局二人で店を出たまま、戻らなかったのだ。

「…あぁ俺達が帰ってこなかった時点で、家かホテルへ行ってヤッたのかとしか思われてないんじゃないかな。だから誰に見られても開き直っておけば」

「う…！　神保…お前、そんなにあっけらかんと恥ずかし気もなくよく言えるな…いや、元もとこういう奴だった気がする」

来夏の髪に顔を埋め、神保はもう眠そうにしている。

「そうそう。管理も経営も責任も、全て任されている俺のシェアハウスだから、好きにさせてもらうつもり。だから来夏も平気な顔していればいい、ってだけ」

一緒に過ごした夜の間に、神保は自然に来夏を下の名前で呼ぶようになっていた。

来夏のほうも神保に請われるまま溺れて愛しあっている間は無我夢中で呼んでいたが、今は下の名前で呼んでいた時のことを思い出してしまって、恥ずかしさで呼ぶに呼べない。

…恥ずかしいのは、昨夜神保に見せたあられもない己の嬌態《きょうたい》だ。

「どうして最初に自分が大家だって教えてくれなかったんだよ…」

あの食材の差し入れも、神保がわざわざ会社を抜け出して届けてくれていたのだ。

大家と入れ違いになっていたのではなく、目の前にいても来夏が判らなかっただけ。

「住人に気兼ねされるのが嫌だから」

「荷物を引き取りに行く時にも、遠武さんを介して車を貸してくれたんだな」

神保が大家なら、入居のための面接も挨拶も必要なかった理由が納得出来る。

来夏に腕枕をしてやりながら目を閉じていた神保が、片方だけ目を開けた。

「お弁当、いつも美味しかった。新しい就職先が決まるまで…また作ってくれると嬉しい」

「…！　勿論！　神保の好きなメニュー、作るよ」

「…嫌いなのなら、ある。レタスサラダ。厳密に言うとレタスだけの」

訊かれる前に、神保はぶっきらぼうに答えを告げる。

「神保、レタス嫌いだったか？」

「いや、どちらかというと好きだ。…だけど」

「…月曜日のお弁当には神保のだけ、山ほどレタスだけのサラダを作って詰めるよ」

「来夏」

腕の中の来夏は上目遣いで神保の顔を覗き込む。

「レタスだけのサラダを『ハネムーンサラダ』って言うの、神保も知ってるだろう？」

「…！　知って…気付いていたのか？　それならどうして知らんぷりしていたんだ？」

驚いて身動ぐ神保を見つめたまま、来夏は頬を膨らませた。

「遠武さんにあれだけ流暢《りゅうちょう》な発音で言われたら、俺の英語力じゃどっちの意味か聞き取れない。それにもし間違っていたら、ただの自意識過剰《じいしきかじょう》野郎だろ。だけど、遠武さんと神保が話をしているのが聞こえて…ん？　このシェアハウスの名前を決めたのも…神保？」

「う…！　あー…まあ。なんで今そんなことを思いつくんだ…」

来夏の問いに、神保はしどろもどろになりながらやがて横を向いてしまう。

「…」

無言でじっと見つめてくる来夏の目線に負け、神保のほうから再び口を開く。

「そうだよ…『サラダハウス』って俺が大学生の時につけたんだ。伯父から譲られた時に、俺の所有物になるからって名前もつけさせられた。サラダみたいに様々な人が住んで、その時にしかない人生の彩《いろど》りになると…いいと思って。野暮ったいネーミングなのは、俺のセンスのせい。垢抜《あかぬ》けない名前なのは自覚してるんだ、これでも…だから笑うなって」

恥ずかしがる神保の腕の中で、来夏は小さく肩を震わせている。

「…ごめん、神保らしいと思って。由来の話を聞いたら、素敵だと思ったけど。あんまりお洒落《しゃれ》過ぎるより、親しみやすくてずっといい」

「この微妙過ぎる名前のせいで大家がおじちゃんだと思われるから、案外いい隠れ蓑《みの》にはなってるけどな…まあ来夏が悪くないって言ってくれるならいいか」

半分溜息で神保は呟き、改めて肩までブランケットをかけてくれた。

「これだと、俺が起きる時にまた目が覚めるよ」

来夏の言葉に、彼が起き出さないようにぎゅっと抱き締めながら神保が囁く。

「朝ご飯を作るために早起きするなら、このまま二度寝して一緒に朝寝坊しよう。…代わりに、起きたら俺も来夏を手伝うから」

「朝ご飯の仕度を？」

「ただし俺が手伝って作るのは、一つだけだけど」

それがなんだか判って、来夏は期待に胸を震わせながら甘えて訊いてみた。

「何を手伝ってくれるのか…訊いてもいい？」

「勿論」

神保は一度そこで言葉を切り、小さく息を吸い込む。

そしてありったけの想いを込めて優しく来夏へ囁いた。

「来夏と一緒に食べるのに、とびきりのレタスで作る…蜜月《ハネムーン》サラダをね」

あとがき

こんにちは&初めまして。染井吉乃です。

ルチル文庫さんで九冊目の「蜜月《ハネムーン》サラダを一緒に」をお届け致します。

今回はシェアハウスのお話です。

見知らぬ人と同じ屋根の下で暮らすシェアハウス…ちょっと憧れでもあります（笑）

今回は珍しく登場人物が多く…（反芻中）しかも名前がすぐに決められなくて、かなり最終まで仮名（しかもキャラ同士間違えやすい名前）で通してしまったために最後の作業になる著者校正でも間違いを見つけて戴いて、一人冷サウナ…別名冷や汗をかいていました。

誰、とは申しませんが、まあ仮名だからと友人の名前を適当に借りたまま結局決定になったキャラとかいましてですね…主人公の片方とかですね…大きな声では言えませんが。

最初から三人称で進めていたのに、気がつくと来夏の一人称になってしまいそうだったりと、某キャラが凄い動かなかったり！　今回は出力したプロットが最も私に読まれ（仮名一覧とかあって…）ボロボロになってしまったりと、なかなか波瀾万丈な作業でした。

人生何があるか判りません、えぇ。

そして本文でも触れていますが、表題になったサラダは実在します…。

いつも通りのそんなこんなですが、楽しんで戴けたら幸いです。

今回の挿絵は穂波ゆきね先生とのことで、とてもとてもドキドキしています。

穂波先生、お忙しい中ありがとうございました。

そして今回も担当様にはお世話になりました！　毎度ながらの言葉になってしまいますが、感謝の言葉もありません。母と家族の皆も、いつもありがとう。

…そして。

ごく個人的なことではありますが、同じ出版社・レーベルで出版して戴いた冊数がこのルチル文庫さんで一番多くなりました。おぉ！　なんか嬉しいです。

これもずっと染井吉乃の作品を読んで下さっている皆様のお陰です。

本当に、本当にありがとうございます！　好きだー！（笑）

皆さんに読んで戴けて本当に嬉しいし、しあわせです。その感謝の気持ちの少しでも作品でお返し出来ればと思っています。

相変わらずのマイペースでいくとは思いますが、精一杯頑張りますので、これからも見かけた時にはどうぞよろしくお願い致します。

皆様にも、星降るように素敵なことが多くありますように。

そしてまた、近いうちに皆様にお会い出来ることを願って（頑張り中ですよー）

新しい年の冬に　　染井吉乃

✦初出　蜜月サラダを一緒に……………書き下ろし

染井吉乃先生、穂波ゆきね先生へのお便り、本作品に関するご意見、ご感想などは
〒151-0051 東京都渋谷区千駄ヶ谷 4-9-7
幻冬舎コミックス　ルチル文庫「蜜月サラダを一緒に」係まで。

幻冬舎ルチル文庫

蜜月《ハネムーン》サラダを一緒に

2014年1月20日　　第1刷発行

✦著者　染井吉乃　そめい よしの

✦発行人　伊藤嘉彦

✦発行元　株式会社 幻冬舎コミックス
〒151-0051 東京都渋谷区千駄ヶ谷 4-9-7
電話 03(5411)6431[編集]

✦発売元　株式会社 幻冬舎
〒151-0051 東京都渋谷区千駄ヶ谷 4-9-7
電話 03(5411)6222[営業]
振替 00120-8-767643

✦印刷・製本所　中央精版印刷株式会社

✦検印廃止

ISBN978-4-344-83035-6　C0193　Printed in Japan

幻冬舎ルチル文庫